KB113866

임영기 新무협 판타지 소설

와룡봉추

FANTASTIC ORIENTAL HEROES

와룡봉추 7

임영기 新무협 판타지 소설

초판 1쇄 찍은 날 § 2019년 6월 10일
초판 1쇄 펴낸 날 § 2019년 6월 17일

지은이 § 임영기
펴낸이 § 서경석

총괄팀장 § 노종아
편집책임 § 김경민

펴낸곳 § 도서출판 청어람
등록번호 § 제387-1999-000006호
등록일자 § 1999. 5. 31
어람번호 § 제2-2794호

주소 § 경기도 부천시 부일로 483번길 40 서경B/D 3F (우) 14640
전화 § 032-656-4452 팩스 § 032-656-4453
http://www.chungeoram.com
E-mail § chungeorambook@daum.net

ISBN 979-11-04-92012-7 04810
ISBN 979-11-04-91921-3 (세트)

청람
도서출판

7

와룡봉추

임영기 新무협 판타지 소설

FANTASTIC ORIENTAL HEROES

目次

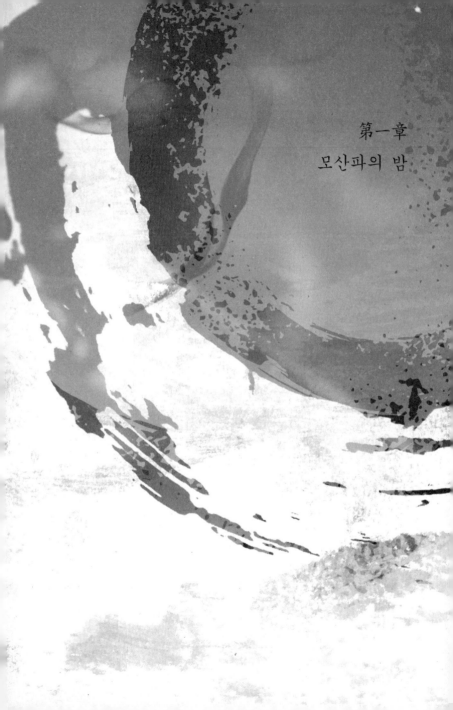

第一章
모산파의 밤

한 인물이 흑오목 귀한 나무로 만든 좌대에 가부좌로 앉아서 운공조식을 하고 있었다.

그는 남자인데 벌거벗은 몸에 군더더기 하나 없는 단단한 근육질이고 반백의 탐스러운 긴 머리카락이 등 뒤로 치렁치렁 흘러내렸다.

반 뼘가량의 짧은 수염과 짙은 눈썹에 뭉툭한 코, 굳게 다문 입술을 지닌 그는 오십 대 초반의 나이이며 칼로 찔러도 들어가지 않을 강인한 인상을 풍겼다.

그런데 그의 머리 위에 타원형의 길쭉한 모양을 한 회백색의 기둥이 정지한 채 떠 있었다.

그것은 손으로 만져지는 물체가 아닌 수증기나 연기 같은 기체 덩어리였다.

즉, 그가 운공조식을 하는 과정에 체내에서 주천하고 있는 공력이 모공이나 백회혈을 통해서 체외로 빠져나와 일정한 형상을 이룬 것이다.

보통 무림인들은 운공조식을 할 때 절대로 이런 현상이 일어나지 않는다.

왜냐하면 체내에서 차고 넘쳐서 체외로까지 흘러 나갈 공력이 없기 때문이다.

지금 이 인물은 일부러 공력을 체외로 뿜어낸 것이 아니라 운공조식을 하는 과정에 전신 혈맥을 주천하던 공력의 일부가 모공을 통해서 체외로 흘러 나가 수증기나 연기처럼 흩어지지 않고 정수리 위에서 어떤 모양을 이룬 것이다.

그것을 기승환(氣昇環)이라고 하며 보통 원형이나 고리 형상을 이룬다.

어떤 심법 혹은 신공을 연공했느냐에 따라서 모양이 여러 형태로 변하는데, 지금 이 인물 머리 위의 떠 있는 기승환이 회백색이며 세로의 타원형 형태를 이루고 있는 것으로 봤을 때 정심한 공력이자 마공일 가능성이 높았다.

이 인물이 만들어낸 기승환을 자세히 보면 타원형이 여러 개로 나누어져 있는데 다섯 개의 고리가 거의 붙어서 계단처럼 층을 이루고 있는 광경이다.

즉, 다섯 개의 고리가 차곡차곡 모여서 길쭉한 타원형을 이루고 있었다.

그것은 그가 '체내의 다섯 기운을 자유로이 조절하여 으뜸이 된다'는 오기조원(五氣調元)의 경지에 이르렀음을 나타내고 있었다.

오기조원이라면 최소한 삼 갑자, 즉 백팔십 년이라는 엄청난 공력을 지녔다는 뜻이다.

그때 그의 머리 위에 떠 있는 기승환이 스르르 그의 정수리를 통해서 흡수되었다.

스으으…….

그리고 그가 천천히 눈을 떴다.

스파앗!

순간 그의 두 눈에서 번갯불 같은 안광이 번뜩였다가 착각인 것처럼 씻은 듯이 사라졌다. 운공조식이 끝났음을 알리는 신호다.

척!

그는 넉 자 높이의 좌대에서 느릿하게 바닥으로 내려섰다. 오십 대 초반의 나이인데도 불구하고 청년들마저 부러워할 늘씬하고 근사한 몸매를 지닌 그는 벌거벗은 몸으로 천천히 침상을 향해 걸어갔다.

넓고 화려한 실내에는 가구 같은 것들이 최상으로 갖추어져 있었다. 그는 침상가에 서서 손목을 슬쩍 까딱거렸다.

휙!

그러자 이불이 확 걷어져서 날아가고 엎드려 있는 여자의 모습이 드러났다.

"흐응……."

자고 있던 여자는 엎드린 자세로 고개만 돌려 그를 보면서 눈을 반쯤 뜨고 칭얼거렸다.

"졸려요……."

"하하! 죽으면 실컷 잘 잠이다."

중년인은 미끈하고 늘씬한 여인의 엎드린 옆으로 자신의 몸을 날렸다.

"어맛?"

여자가 깜짝 놀라서 꿈틀거렸다.

"아유… 밤새 천첩을 괴롭히시더니……."

"핫핫핫! 나는 남아도는 것이 너에 대한 애정이니라."

중년인은 호탕하게 웃으며 여인을 안았다.

모산파의 실질적인 장문인이며, 대외적으로는 삼현도인(三玄道杖)이라고 불리는 인물이 조심스럽게 문밖에서 무릎을 꿇고 공손히 아뢰었다.

"소인 사녹북검(四綠北黔)입니다."

'사녹'은 그의 지위, 즉 녹성족이며 네 개의 녹성 문양을 지닌 녹성족 최고위라는 뜻이고, '북검'의 '검'이 사사로운 자신의 이름을 나타낸다.

천외신계 각 성족(星族)은 동서남북과 가운데 중(中)을 포함한 다섯 개 부족이 있는데, 사녹북검은 북에 해당하는 녹북성(綠北星)의 최고 우두머리다. 말하자면 족장(族長)인 셈이다.

그러니까 삼현도인이 표면적인 이름이고 '사녹북검'이 실제 이름이다.

"들어와라."

문 안쪽에서 나직한 말이 흘러나오자 무릎을 꿇고 있는 그는 그 자세에서 팔만 위로 뻗어 문을 열었다.

그러고는 무릎으로 엉금엉금 기어서 실내로 들어갔다. 그것 하나만 봐도 사녹북검이 실내에 있는 인물을 얼마나 공경하고 두려워하는지 알 수 있다.

그는 고개를 들지도 못한 채 바닥을 보며 기어들어 가 실내 중앙에 멈추고 이마를 바닥에 댔다.

"소인 사녹북검 존북사왕(尊北四王) 각하께 보고드리러 왔습니다."

'존북사왕', 그것이 중년인의 지엄한 지위다.

"말하라."

그의 머리 위에서 존북사왕의 노곤한 목소리가 들렸다.

존북사왕은 침상에 엎드려서 사녹북검을 쳐다보지도 않았다. 사녹북검은 고개를 들지도 못하고 이마를 바닥에 댄 채 떨리는 목소리로 아뢰었다.

"각하께서 하명하신 일을 조사해 보았으나 강소성 남쪽 지방에는 십절무황이라는 별호에 조금이라도 연관이 있는 인물이 한 명도 없는 것으로 사료됩니다."

"흐음, 그렇더냐?"

슥―

"어머?"

존북사왕이 몸을 일으키자 안마하던 여인이 중심을 잃고 침상에 엎어졌다.

그러나 존북사왕은 개의치 않고 바닥으로 내려섰다.

"단서가 희박하기는 하지. 그것으로는 십절무황을 찾기 어려울 것이라고 생각했다."

서 있는 그에게 여인이 겉옷을 입혔다.

"오십 년 이후 미래에 천하를 일통하게 될 인물인 십절무황을 오십 년 과거에서 찾으시라니……."

사녹북검은 의아한 표정으로 고개를 들고 존북사왕을 쳐다보았다가 얼른 고개를 숙였다.

그러고는 조심스럽게 입을 열었다.

"하오시면 각하께서 찾고 계시는 십절무황이라는 인물이 미래의 인물입니까?"

그렇게 물었다가 사녹북검은 스스로 움찔 놀라서 몸이 오그라들었다.

사녹북검은 사녹성이라고는 하지만 천신계에서 최하급인 녹성족이다.

또한 색으로 신분을 나타내는 색성칠위의 최하급이기도 한 그는 색성칠위의 최상급인 금성족(金星族)의 얼굴조차도 감히 바라볼 수가 없는 처지다.

녹성족보다 여섯 등급이나 높은 금성족 얼굴을 쳐다본다는 행위는 목숨을 내놓은 것과 같다.

그런데 존북사왕은 색성칠위가 아니라 그보다 위인 신조삼위라는 지엄한 신분이다.

천외신계는 크게 세 부류다. 여황 일족과 제자, 좌우호법 일가가 천황족이고, 신조삼위는 천신족, 그리고 색성칠위가 천외족으로 분류된다.

또한 천외신계에서는 신조삼위를 반신위(半神位)라고도 한다. 반은 인간이지만 반은 신(神)이기 때문이다.

그런데 천외신계의 최하급 녹성족이 감히 천신족 반신위 존번(尊幡)에게 질문을 하다니, 사녹북검은 잠시 정신이 나갔던 것이 분명하다.

참고로 색성칠위는 지위 뒤에 별 성(星)을, 신조삼위는 지위
뒤에 깃발 번(幡)을 붙인다.

사녹북검은 바닥을 뚫고 속으로 들어갈 것처럼 이마를 세
차게 부딪쳤다.

쿵!

"요… 용서하십시오. 잘못했습니다……!"

한 번으로도 모자라서 계속 바닥에 이마를 부딪치고 있는
사녹북검을 굽어보며 존북사왕이 자비를 베풀었다.

"용서하겠다."

존북사왕의 너그러운 자비심 때문이 아니라 사녹북검이 이
마를 바닥에 부딪치며 내는 쿵쿵거리는 소리가 그저 귀에 거
슬렸기 때문이다.

사녹북검의 머리가 터져서 죽든 말든 그따위 것은 그의 관
심 밖의 일이다.

존북사왕에게 겉옷을 입혀준 여자, 즉 그가 이곳에 머무는
동안 시중을 들기 위해서 불려온 기녀가 그의 귀에 붉은 입술
을 붙이고 나풀거렸다.

"흐응… 자기, 정말 미래의 인물을 찾는 거예요?"

그녀는 천외신계에 대해서는 아무것도 모른다. 그러므로 자
신이 지금 애교를 부리고 있는 인물이 얼마나 잔인한 족속인

지 모르는 것은 당연하다.

존북사왕은 기녀의 애교가 싫지 않았다.

"그래, 그는 미래에서 온 인물이다."

"말도 안 돼요. 어떻게 사람이 미래에서 올 수 있어요?"

"그러니까 그가 천하제일인이지."

기녀는 존북사왕의 뺨을 쓰다듬었다.

"왜 그를 찾는 건가요?"

"내가 모시는 분께서 그를 찾으라고 명령하셨다."

기녀는 그냥 지나가는 말처럼 물었는데 이제는 조금 흥미
가 생겼다.

"당신 같은 분도 모시는 분이 있나요?"

"오냐."

"그가 누구죠?"

존북사왕은 빙그레 미소 지었다.

"그분이 누군지 듣게 되면 너는 죽어야 한다. 너는 목숨을
내놓을 만큼 그 사실이 궁금하더냐?"

기녀는 사흘씩이나 자신이 시중을 들며 모신 그가, 그런 하
찮은 이유로 자신을 죽일 것이라고는 생각하지 않았다.

"호홋, 궁금해요. 말씀해 주세요."

"쯧쯧… 아서라."

존북사왕이 마지막 기회를 주었는데도 기녀는 그의 팔을

잡고 이리저리 흔들며 앙탈을 부렸다.

"아이… 어서 말해줘요."

존북사왕은 기녀의 머리를 쓰다듬었다.

"그분은 천신계의 여황 폐하이시다."

"천신계가 뭐 하는……."

기녀는 말하다가 풀썩 쓰러졌다. 존북사왕이 손가락으로 정수리 백회사혈을 눌렀기 때문이다.

＊　　　　＊　　　　＊

십오룡신은 저녁 식사를 하고 있는 중이었다.

장하문은 사해검문에서 우두머리 노릇을 하고 있었던 총당주 문부진 삼녹성고수에게서 알아낸 모산파에 대한 정보를 최종 보고했다.

"사녹성고수 휘하에 양녹성고수 두 명과 녹성고수 백오십 명, 그리고 모산파 제자 삼백여 명이 있는데 그들 중에서 천외신계에 적극적으로 동조하는 제자 삼십여 명만 활동이 자유로우며 나머지 이백칠십여 명은 감금되어 있습니다. 뇌옥의 위치는… 여깁니다."

장하문은 공천이 탁자에 펼쳐놓은 모산파 상세 지도의 한 위치를 가리켰다.

"제 계획은 이렇습니다. 주군께서 사녹성고수와 그자의 측근을 제거하시고, 저와 도룡신, 금룡신, 쾌룡신, 쌍룡신, 은룡신, 뇌룡신이 녹성고수들을 상대하는 동안 주룡신이 나머지 용신들을 이끌고 뇌옥의 모산파 제자들을 풀어주어 그들과 함께 싸움에 합류하는 것입니다."

"좋군."

장하문은 이름 대신 얼마 전에 지은 용신들의 별호를 불러 주었고 용신들은 흐뭇한 미소를 지었다. 쾌룡신이니 쌍룡신이니 하는 용신들의 별호를 귀에 익도록 하려는 배려다.

장하문이 화운룡을 쳐다보았다.

"주군께선 검룡신과 같이 행동하시겠습니까?"

검룡신은 당한지다. 사해검문의 천외신계를 소탕할 당시에 화운룡이 당한지를 선택해서 같이 행동했기 때문에 이번에도 그러지 않을까 예견한 것이다.

당한지는 화운룡을 바라보며 방글방글 미소 지었다. '역시 저 밖에 없는 거죠?' 하는 자신만만한 표정이다.

더구나 그녀는 사해검문에서 화운룡과 일심동체가 되어 적들을 주살하는 동안 자신이 그와 매우 가까워졌다고 자신하고 있는 중이다.

식사를 하는 동안 화운룡의 좌우 자리를 보진과 도도에게 뺏겼지만 그런 건 괜찮다.

화운룡의 양쪽 발등을 딛거나 업혀서 그와 일심동체 한 몸이 되어 신의 절학을 쏟아내며 적들을 주살해 보지 못한 여자들은 그저 입을 다물고 있어야 한다.

그런 것들을 몸소 장시간 체험해 본 당한지이기에 식사 시간의 화운룡 옆자리쯤은 과감하게 양보할 수 있었다.

당한지는 화운룡이 자신을 선택할 것이라는 사실을 믿어 의심하지 않았다.

화운룡은 사해검문에서 당한지하고 일심동체가 되어 이미 크게 성공을 거둔 전력이 있기 때문에 그녀를 선택하지 않을 리가 없다.

그래서 그녀는 이제 곧 화운룡이 자신을 선택할 경우에 무슨 말로 화답을 해야 할지 고개를 갸웃거리면서 단어를 고르고 있었다.

그때 보진의 목소리가 당한지의 귀를 간질였다.

"주군, 이번 모산파 습격에는 저와 같이해 보시는 것이 어떠십니까?"

당한지가 '아!' 하고 깜짝 놀라서 바라보자 화운룡 오른쪽에 앉은 보진은 그를 보면서 꼿꼿한 자세로 당당하게 자신의 의견을 피력했다.

"모산파에 있는 사녹성고수는 강소성 남쪽 지역을 관할하는 천외신계 최고 우두머리예요. 또한 그자 주위에는 날고 기는 고수들이 있을 터인데 아무래도 공력이 조금이라도 높은 제가 적합하지 않겠습니까?"

보진은 백십 년, 당한지는 팔십 년 공력이다. 삼십 년이라면 큰 차이의 공력이니 보진의 말이 백번 옳다.

예전의 보진이라면 자신의 의견 같은 것을 내세우지 못해서 많은 불이익을 당했을 것이다.

그러나 지금의 보진은 변해도 많이 변했다. 물론 이유는 화운룡 때문이다.

그에게 향한 그녀의 간절함이 그녀를 변하도록 만든 것이다. 다른 불이익은 다 참을 수 있지만 화운룡에 대한 불이익만큼은 절대로 양보할 수가 없는 보진이다.

예상하지 않았던 급습을 받은 당한지는 발딱 일어서며 뾰족한 목소리로 반박했다.

"진 언니는 저보다 키가 커서 발등에 올라탈 경우에 주군의 시야를 가리게 될 거예요!"

보진은 태연하게 맞받아쳤다.

"업히면 돼. 다른 방법도 있고."

당한지는 처음에 화운룡의 발등에 올라섰지만 나중에는 그에게 업혔었다.

"진 언니는 저보다……."

보진은 당한지가 무슨 말을 하려는지 알고 말을 잘랐다.

"너보다 가벼워. 몸무게 달아볼까?"

"좋아요. 정확하게 달아봐요."

절대로 양보할 수 없는 당한지는 콧김을 내뿜었다.

＊　　　　＊　　　　＊

무게를 아주 정확하게 달아본 결과 당한지가 보진보다 반 근하고도 이십칠 량(兩) 더 무거웠다. 미세한 차이지만 당한지 가 더 무겁다.

키가 보진보다 한 뼘이나 작은 당한지가 몸무게는 외려 더 나간다는 사실에 모두들 신기하다는 표정을 지으면서 당한지 를 쳐다보았다.

사실 보진은 키가 큰 대신 가냘픈 체구이고, 반면에 당한지 는 아담하면서도 튼실한 몸매이다. 특히 당한지는 엉덩이가 탄탄한 편인데 그게 보진보다 좀 더 무게가 나간 이유였다.

용신들의 따가운 시선을 느낀 당한지는 얼굴이 빨개져서 목소리를 높였다.

"제가 진 언니보다 상체가 발달해서 그런 거예요!"

그러면서 그녀는 가슴을 한껏 내밀었다가 보진을 보고는 금세 위축되고 말았다.

보진의 표정이 '비교해 볼래?'라고 하는 것 같았기 때문이다.

아닌 게 아니라 가냘픈 몸매의 보진은 보기와는 달리 상체가 잘 발달해 있어서 육감적으로 보이기도 했다.

혹 떼려다가 더 큰 혹을 붙였지만 당한지는 그런 것에 굴하지 않고 자신이 화운룡과 일심동체가 되어야만 하는 이유를 찾아내기에 부심했다.

그때 보진은 당한지로서는 도저히 어떻게 하지 못할 쐐기를 박았다.

"주군, 이것 좀 보시겠어요?"

보진은 식사 전에 가져와서 뒤쪽 선반에 놓아둔 검은색의 헝겊을 들고 일어섰다. 그녀는 모두의 시선을 받으면서 차분한 동작으로 헝겊을 위로 들고 펼쳤다.

펄럭······.

누가 보더라도 그것은 위아래가 하나로 붙은 한 벌의 흑의가 분명했다. 하지만 키가 크고 뚱뚱한 사람에게나 맞을 법한 매우 커다란 옷이었다.

보진은 흑의를 두 손으로 잡아 위로 한껏 들어 올린 상태에서 얌전한 얼굴로 설명했다.

"일인용 흑의 경장입니다."

그녀의 말이 무슨 뜻인지 알아들은 사람은 화운룡과 장하문뿐이라서 빙그레 미소를 지었다.

도도가 의아한 얼굴로 커다란 흑의를 만지작거렸다.

"진 언니, 우리 십오룡신 중에서 이렇게 큰 옷이 맞는 사람이 있나요?"

보진의 여러 좋은 점 중에서 하나는 어떤 상황에서도 절대로 의기양양 교만하지 않으며 차분하다는 것이다.

"이 옷의 이름은 천옥보갑(天玉寶甲)이에요."

용신들은 화운룡과 장하문의 입가에 미소가 떠오른 것을 보고 더욱 의아한 표정을 지었다.

화운룡과 장하문은 '천옥보갑'이 무슨 뜻인지 이미 알아차린 것 같았다.

패색이 자신 쪽으로 짙게 드리워졌다는 사실을 느낀 당한지가 참지 못하고 뾰족한 목소리로 물었다.

"진 언니, 천옥보갑이 뭐죠?"

충분히 득의한 표정을 지어도 될 시점인데도 보진은 자상한 표정으로 친절하게 설명했다.

"천룡신과 옥룡신이 함께 착용하는 전투용 흑의, 즉 보갑이라는 뜻이야."

"……."

당한지는 대못이 정수리에 꽂히는 느낌을 받았다.

"서, 설마 그… 그 옷을 주군과 진 언니가 동시에 같이 입는다는 말인가요?"

"그래."

당한지는 손가락을 뻗으며 말도 안 된다는 표정으로 외치면서 화운룡을 쳐다보았다.

"주군께서 그런 허무맹랑한 짓을 하실 거라고 생각하나요? 그런 허접한 옷에 어떻게 두 사람이……."

"좋은 발상이다."

화운룡이 당한지의 말을 툭 자르고는 고개를 끄떡였다.

"그 허무맹랑한 짓 해보자."

"주군……."

"모산파는 옥룡신과 같이하겠다."

옥룡신 보진은 뛸 듯이 기뻤지만 낙담하고 있는 당한지와 도도를 생각해서 덤덤한 척하려고 애썼다.

화운룡을 비롯한 십오룡신은 술시(밤 8시경)에 장원을 나와 모산의 서쪽 산모퉁이를 돌아서 남쪽으로 향했다.

모산은 동북에서 남서로 길쭉한 형상이며 길이가 오십여 리, 폭이 이십오 리 정도밖에 안 되는 작은 규모의 산인데 넓은 평야 지대 한가운데에 불쑥 솟아올라 있어서 멀리에서도 단연 돋보이는 존재다.

높이가 삼천 척으로 높지 않은 산이지만 봉우리와 협곡, 계류와 바위가 많은 험산으로 유명하다.

십오룡신이 모산의 남쪽으로 돌아가는 이유는 모산파가 북쪽에 있기 때문이다.

모산파로 향하는 북쪽의 길은 제법 잘 닦여 있어서 통행이 편하기 때문에 길 곳곳에 모산파 고수들이 감시를 하고 있다는 사전 정보를 입수했다.

그래서 비교적 험준한 남쪽으로 산을 올라 모산파의 뒤로 접근한다는 계획이다.

휘익! 휙! 휙!

십오룡신이 모산의 길고 좁은 협곡을 따라서 바람처럼 질주하고 있었다.

모산에는 산짐승은 별로 없지만 갖가지 진귀한 약초가 많은 덕분에 약초를 캐는 사람들이 다니는 길이 이곳저곳으로 거미줄처럼 얽혀 있었다.

지도를 작성하는 동안 모산의 지리를 미리 충분하게 숙지한 공천이 앞서 나는 듯이 산을 오르고 있다.

후미에서 따르고 있는 화운룡은 보진이 만든 흑의 경장, 즉 천옥보갑을 입고 있었다.

그 말인즉, 천옥보갑 한 벌 안에 보진과 찰떡처럼 붙어서 함께 들어 있다는 뜻이다.

거창한 이름의 천옥보갑은 겉보기에는 평범한 흑의 경장이지만 내용물은 아주 잘 만들어졌다.

시중의 평범한 옷감으로 만들었다면 옷 한 벌에 두 사람이 들어가서 북적일 경우에 쉽게 뜯어지거나 찢어지기 십상인데, 이 옷은 안쪽에 두루 가죽을 덧댔기 때문에 그럴 불상사는 일어나지 않는다.

화운룡과 보진이 팔다리를 한 곳에 넣었으며 바깥에서는 허리에 가죽 허리띠를 질끈 묶었으므로 두 사람이 따로 분리될 일은 없다.

그리고 상의 목 부위를 넓혔기 때문에 그곳으로 보진의 얼굴이 드러나서 숨이 막힌다거나 답답하지 않다.

다만 한 가지 흠이라고 한다면 두 사람의 몸이 하나로 밀착됐다는 것이다.

천옥보갑 바깥에서 두 사람이 밀착된 것과 그 옷 안에서 찰싹 밀착된 것은 전혀 다른 의미다.

하지만 화운룡으로서는 보진의 백십 년, 자신의 삼십오 년을 합친 백사십오 년의 공력을 사용하고 있기 때문에 그녀가 풀잎처럼 가벼워서 천옥보갑에 함께 들어가 있는 게 전혀 느껴지지 않을 정도다.

보진 역시 자신은 일체 몸을 사용하지 않고 가만히 있는 상태에서 화운룡이 슉슉 바람처럼 전진하고 있으므로 더 이상 편할 수가 없는 상황이다.

다만 보진으로서는 여태까지 단 한 번도 경험해 본 적이 없는 상황 때문에 제정신이 아니라는 것이 흠이라면 흠이었다.

남자, 그것도 자신이 죽도록 사모하고 존경하는 화운룡하고 함께한다는 것은 보진에게 있어서 작은 기쁨 그 이상의 무언가가 있었다.

두 사람의 허리 부위를 단단한 가죽 허리띠로 바짝 졸라서 묶은 바람에 상대적으로 키가 작은 보진의 두 발이 화운룡의 발등을 딛지 못하고 한 뼘 정도 떠 있는 상황이다.

그녀는 매우 엉거주춤한 자세로 화운룡과 한 몸이 되어 있는 형편이었다.

'아… 이걸 괜히 하자고 그랬나 봐.'

그래서 보진은 때아닌 후회를 하고 있는 중이었다.

그녀는 천옥보갑 속에 자신과 화운룡이 한 몸처럼 들어가 있으면 무슨 일이 벌어질 것인지 막연하게 추측만 했을 뿐이지 이런 기묘한 상황이 전개될 것이라고는 상상하지 못했기에 진땀이 나고 있었다.

그렇지만 후회는 그리 길지 않았다. 생전 처음 느끼는 흥분과 기쁨이 상상을 초월했기에 더럭 겁이 났던 것이지 후회가 진심은 아니었다.

그때 화운룡이 보진의 머리를 부드럽게 쓰다듬었다.

[진아, 불편하냐?]

보진이 자꾸 몸을 움츠리기에 그녀가 불편해서 그러는 것인가 염려하여 전음을 보낸 것이다.

보진은 깜짝 놀랐다.

[부… 불편하긴요? 전 좋아요.]

심중 깊은 곳의 내심이 그녀 자신도 모르게 가감 없이 흘러나왔다.

[뭐가 좋다는 것이냐?]

좋을 것까진 없다고 생각하는 순진무구한 화운룡의 물음에 보진은 배시시 미소 지으며 얼굴을 붉혔다.

[주군하고 한 몸이 된 것 같아서 좋아요.]

[그러냐?]

[네.]

[다행이다.]

순진무구하기로는 화운룡이나 보진, 둘 다 막상막하다.

만약 화운룡이 풍부한 세상 경험이나 싸움, 무공, 잡학 등에 대한 박식한 지식의 백분지 일 정도만이라도 여자에 대해서 알고 있었다면 지금 같은 상황은 절대로 있을 수 없으며 지속될 수조차 없을 터였다.

[진아.]

화운룡이 다시 보진을 불렀다. 그녀에게 요구 사항이 있기 때문이다.

[네?]

[편안하게 있어라.]

[…….]

[네가 뻣뻣하게 있으니까 내가 좀 불편하구나.]

[아… 그러셨어요?]

그녀가 화운룡과 닿지 않으려고 애쓰는 것이 화운룡에게 불편함을 준 모양이다.

하긴 그녀의 자연스럽지 않은 자세는 화운룡에게 불편함을 주는 것이 당연했다.

보진은 이리저리 자세를 잡았다.

[이… 이러면 됐나요?]

[조금 더.]

[이… 렇게요?]

[…….]

보진은 아예 편안하게 엉덩이를 뒤로 쑥 내밀었다.

[됐다. 이제 편해졌다.]

그의 말을 듣고서야 보진은 비로소 속으로 한숨을 내쉬었다.

"다들 잘 들어라."

모산파를 얼마 남겨두지 않은 지점에서 화운룡은 모두를 모이게 했다.

"내가 지금부터 설명하는 것은 반구자폐술(反龜自蔽術)이라는 것이다. 이 수법을 발휘하면 자신에게서 발출되는 모든 기척을 완벽하게 감출 수가 있다."

이어서 화운룡은 반구자폐술 구결을 세 차례에 걸쳐서 자세하게 설명했다.

"시전해 봐라."

그의 지시에 따라 십사룡신들은 구결에 따라서 반구자폐술을 전개했다.

화운룡은 보진의 머리를 쓰다듬었다.

"너는 하지 않아도 된다."

화운룡이 이미 반구자폐술을 상시 전개하고 있는 중이므로 한 몸이나 다를 바 없는 보진은 하지 않아도 된다.

사실 보진은 반구자폐술을 전개한다고 해도 제대로 하지 못할 것이 뻔하다.

왜냐하면 지금 그녀는 거의 제정신이 아니기 때문이다.

이곳은 숲속의 작은 공터이고 화운룡은 밑동이 잘린 하나의 나무 그루터기에 앉아 있는데, 그가 앉으니까 보진은 자연히 그의 하체 위에 앉는 자세가 돼버린 것이다.

이것은 지금까지 줄곧 달리던 것하고는 또 다른 자세라서 보진은 진땀이 배로 나고 있는 중이다.

더구나 십삼룡신들이 자기만 주시하고 있는 것 같아서 얼굴이 화끈거렸다.

특히 당한지와 도도는 노골적으로 질투가 활활 타오르는

눈빛으로 쏘아보고 있었다.

그 와중에 보진은 다른 용신들하고는 다른 눈빛 하나를 발견했는데 바로 숙빈이다. 그녀의 착잡하고도 슬픈 눈빛이 보진의 마음을 가볍게 흔들어놓았다.

문득 보진은 한때 숙빈이 화운룡의 정혼녀였다는 사실을 기억해 냈다. 짐작하건대 숙빈의 심정은 뭐라고 설명할 수 없을 정도로 착잡할 것이다.

보진이 알기로는 예전의 화운룡은 잡룡 혹은 약룡이라고 불릴 정도로 지독한 사고뭉치에 천하에 다시없을 약골이어서 숙빈은 그와의 정혼을 파혼하려고 몸부림쳤지만 뜻을 이루지 못했다고 했다.

그렇지만 미래에서 회귀한 천하제일인 화운룡은 천하에 짝을 찾을 수 없을 만큼 위대한 인물이다. 같은 사람이지만 속이 완전히 다른 화운룡은 빠른 속도로 자신의 위상을 새롭게 만들어 나갔다.

그는 해남비룡문만이 아니라 위기에 처한 형산은월문과 진검문까지 다 받아들이면서 비룡은월문을 탄생시키고 많은 사람의 신뢰를 한 몸에 받으며 그들을 새로운 세계로 이끌고 있는 중이다.

예전의 사고뭉치 화운룡이 지렁이였다면 현재의 화운룡은 용, 그것도 천룡이다.

그 천룡은 아직은 때를 기다리며 누워 있는 와룡(臥龍)이다.

그리고 그에겐 천상천하 어느 누구하고도 비교할 수 없을 만큼 완벽한 여자 옥봉이 있으며, 그녀는 아직 어린 봉황인 봉추(鳳雛)다.

이른바 두 사람은 와룡봉추인 것이다.

정혼자를 두 눈 뻔히 뜨고 고스란히 잃어버린 숙빈의 심정을 보진은 조금쯤은 이해할 수 있을 것 같았다.

그렇지만 지금의 숙빈으로선 결코 화운룡을 감당하지 못할 것이 분명하다. 그녀는 한낱 꿩의 자질로서 장차 천룡이 될 와룡을 감당하는 것이 버겁기 때문이다.

보진은 당한지와 도도에 이어서 숙빈의 시선마저도 무시해 버렸다. 솔직하게 말하면 지금 그녀의 상황이 엄청나게 좋아서 다른 것들을 다 무시하도록 유도하기 때문이다.

"다 됐느냐?"

화운룡의 물음에 다들 공손히 고개를 끄떡였다.

그가 하나하나 자세히 풀어서 설명한 덕분이기도 했지만 지금의 용신들은 하나를 가르치면 열을 깨우치는 인재가 된 까닭에, 어렵지 않게 반구자폐술을 전개하여 자신의 모든 기척을 감추는 데 성공했다.

자정이 조금 넘은 시각에 십오룡신은 모산파가 내려다보이는 절벽 위에 모여 있었다.

강소성 남쪽 지역에서 가장 큰 세력을 떨치고 있는 도교의 성지 모산파는 자욱한 어둠과 정적에 파묻혀 있었다.

절벽 위 커다란 바위가 둘러싸인 은밀한 공간에서 화운룡은 용신들에게 전음으로 당부했다.

[절대 다치지 마라.]

그의 간곡한 바람이 가득 들어 있어서 달리 다른 말이 필요하지 않았다.

보진을 제외한 십삼룡신들은 존경과 충성심이 가득한 눈빛으로 화운룡을 주시했다. 화운룡은 가볍게 고개를 끄떡였다.

[가자.]

이어서 그를 필두로 하여 십오룡신이 일제히 절벽에서 훌쩍 신형을 날렸다.

스웃―

파아―

쾌풍운을 전개하는 열네 개의 흑영이 캄캄한 밤과 동화되어 모산파를 향해 꽃잎처럼 떨어져 내렸다.

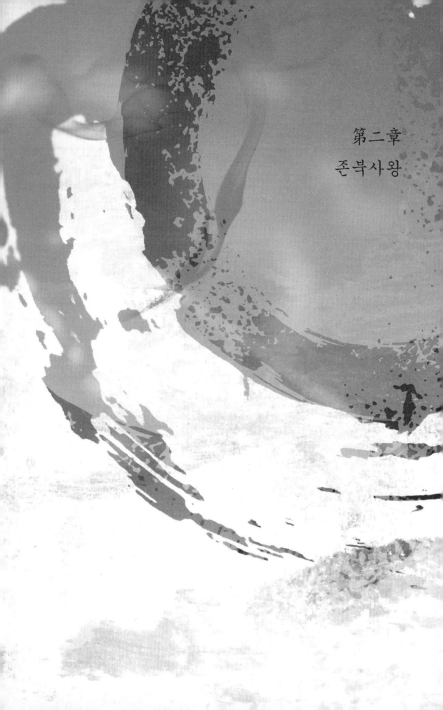

第二章
존북사왕

화운룡은 용신들이 장하문이 미리 작전을 세운 대로 민첩하게 움직여서 각자가 맡은 전각으로 향하는 것을 보고 나서야 행동을 개시했다.

그는 일단 모산파에 있는 녹성고수를 한 명 제압하여 신문하기로 마음먹었다.

모산파에서 장문인 행세를 하고 있는 사녹성고수가 사녹북검이라고 불리며 그의 거처가 어디라는 것 정도는 이미 다 알고 있지만, 그래도 미처 모르고 있었을 더 정확한 정보를 알아내기 위함이다.

그러나 그로부터 반각이 지났을 때 화운룡은 녹성고수를 제압하여 신문한다는 생각을 접어야만 했다.

눈에 띄는 녹성고수는커녕 모산파 제자조차 한 명도 보이지 않았다.

확인한 결과, 자정이 넘은 이 시각에 모산파의 모든 사람은 한 명도 빠짐없이 잠들어 있었다.

경계 무사나 고수를 불침번으로 세우는 일은 속세의 방파나 문파에나 해당하는 일이지 강소성 남쪽 지방 도교의 성지인 모산파는 그저 평화로울 뿐이다.

모산파는 자신들이 누군가에게 습격을 받을 것이라는 생각을 추호도 하지 않는 것 같았다.

그래서 결국 화운룡은 원래 작전대로 모산파 장문인 사녹북검의 거처로 잠입했다.

아무리 장문인의 거처라고는 하지만 전각 입구를 지키는 사람이 한 명도 없는 것은 물론이고, 일 층의 여러 방들도 텅 비어 있었다.

화운룡은 이 층에서 미세한 기척을 느끼고 나는 듯이 이 층으로 달려 올라갔다.

반구자폐술을 상시 전개하고 있는 덕분에 그에게서는 추호의 기척도 새어 나가지 않았다.

이 층 복도의 어느 방이 가까워질수록 그 소리는 점점 더 또렷하고 커졌다.

하지만 화운룡이나 보진으로선 생전 처음 듣는 소리다.

두 사람의 거친 숨소리와 신음인지 비명인지 모를 소리가 섞였는데 얼핏 들으면 싸우고 있는 것 같았다.

그것도 매우 거칠게 싸우는 것이 분명하다. 그렇지 않고서는 이렇게 거친 숨소리와 신음 소리가 흘러나오지는 않을 테니까 말이다.

두 사람의 속삭이는 듯한 음성과 미약한 웃음소리가 섞였는데, 얼핏 들리는 여인의 목소리가 기루를 지나다 들을 수 있는 호객 행위와 비슷했다.

그가 들어선 실내에서는 격투기를 하는 듯한 일이 벌어지고 있는 중이었다.

남자가 엎드려 있고 여자가 그의 어깨와 등을 주무르거나 두드리며 격렬하게 안마를 하고 있었다.

남자는 시원한지 연신 흐뭇한 소리를 내고 있으며, 여자는 안마하는 것이 힘든지 거친 숨을 내쉬었다.

잘못 보면 여자가 남자를 마구 구타하고 있는 중이라고 오해할 수도 있을 법한 광경이다.

화운룡이 반구자폐술을 전개하여 아무런 기척을 내지 않았기 때문에 침상에서 안마를 하는 남녀는 아직도 타인이 지켜보고 있다는 사실을 까맣게 모른 채 자신들의 행위에 몰두해 있었다.

조금쯤은 흥미 있는 장면에 화운룡과 보진은 눈을 크게 뜨고 침상 위를 뚫어지게 주시했다.

침상은 일 장도 못 되는 거리에 있는 데다 실내의 벽에는 유등이 밝혀져 있어서 침상 위에서의 광경이 잘 보였다.

존북사왕은 하루라도 안마를 받지 않으면 입맛을 잃어버릴 정도의 대단한 안마 애호가였다.

그는 내일 아침에 모산파를 떠난다.

다음 목적지인 절강성의 항주에 도착할 때까지 최소한 사흘 동안은 숙련된 안마를 받을 수 없을 것이기 때문에 이 마지막 안마에 평소보다 더 깊이 집착하고 있는 중이다.

오늘 낮까지 그의 시중을 들었던 기녀가 제법 반반하고 싹싹했기에 존북사왕하고도 잘 맞았다.

그런데 그녀가 쓸데없는 호기심을 부려서 죽음을 재촉하는 바람에 사녹북검이 안마를 잘하는 새 기녀를 데려왔다.

이런 경우는 드문데 어쩐 일인지 새로 온 기녀가 죽은 기녀보다 모든 면에서 훨씬 뛰어난 덕택에 존북사왕은 거의 이성을 잃을 정도로 노곤함에 심취하여 있었다.

파곽……

그때 존북사왕은 목덜미와 어깨 두 군데가 갑자기 뜨끔한 것을 느끼고 동작을 멈추었다.

그는 여유 있는 느릿한 동작으로 고개를 돌려 실내를 쳐다보다가 일 장이 채 못 되는 거리에 서 있는 매우 큰 체구의 한 사내, 즉 화운룡을 발견했다.

낯선 사내가 실내에 서서 자신을 주시하고 있는데도 존북사왕은 추호도 놀라지 않고 천천히 기녀에게서 몸을 떼어 침상 바닥으로 내려섰다.

화운룡은 조금 어이없는 표정을 지었다. 그는 방금 존북사왕에게 지풍을 발출하여 마혈을 제압했는데 끄떡없이 침상에서 내려오고 있기 때문이다.

화운룡은 상대가 혈도를 옮기고 혈맥을 닫는 이혈폐맥(移穴閉脈)을 했을 것이라고 간파했다.

화운룡이 추호의 기척도 없이 항룡지를 발출한 것을 감지하고 상대가 찰나지간에 이혈폐맥을 전개했을 리는 없다.

제아무리 빠르게 이혈폐맥을 전개한다고 해도 항룡지 속도보다 빠를 수는 없다.

그렇다면 평상시 스스로의 신체에 상시 이혈폐맥을 전개해 놓았든가, 아니면 누군가에게 급습을 당해서 불시에 혈도가 찍히는 순간 신체가 알아서 스스로 이혈폐맥을 전개했다는 얘기가 된다.

그 정도 수준이 되려면 최소한 공력이 이 갑자 이상이어야만 가능하다.

화운룡은 눈앞에 크고 단단한 모습으로 서 있는 오십 대 초반의 중년인이 모산파 장문인 행세를 하고 있는 사녹북검이며 공력이 이 갑자 이상이라고 판단했다.

화운룡은 상대가 바닥에 내려서는 것을 지켜볼 뿐 공격하지 않았다. 사녹북검 정도는 언제든지 마음만 먹으면 제압하거나 죽일 수 있다고 믿기 때문이다.

또한 상대가 싸울 준비를 하지 않았는데 급습을 가하는 것은 그의 방식이 아니다.

화운룡과 보진의 공력을 합치면 백사십오 년으로 이 갑자인 백이십 년을 훌쩍 상회한다.

아니, 설혹 공력이 서로 같다고 해도 화운룡이 살아 있는 무공의 집대성이기 때문에 사녹북검은 상대가 되지 않을 것이라는 생각이다.

존북사왕은 자신이 상의를 입고 있지 않다는 것에 조금도 부끄러워하지 않고 화운룡 앞에 우뚝 서서 턱을 슬쩍 치켜들며 조용한 목소리로 물었다.

"넌 누구냐?"

화운룡은 상대의 목소리에서 그의 수준을 감지했다. 당사자는 모르는 일이지만 말하는 목소리에 공력의 여운이라는 것이 깔리게 마련이다.

그것에 의하면 상대의 공력은 이 갑자가 아니라 무려 삼 갑자에 달한다.

목소리만으로 공력을 감지할 능력이 있는 사람은 단연코 천하에 화운룡뿐이다. 십절무황 시절에도 그랬지만 아마 현재도 마찬가지일 것이다.

'사녹성고수 공력이 삼 갑자라는 건가?'

그건 앞뒤가 맞지 않았다. 바로 어제 화운룡에게 제압된 삼녹성고수의 공력 수위가 팔십 년 수준이었다.

그런데 한 등급 위인 사녹성고수가 그보다 두 배 이상인 무려 삼 갑자 백팔십 년 공력이라는 것은 도저히 말도 되지 않는 일이었다.

'사녹성고수가 아니다. 그렇다면 이자는 누군가?'

"누구냐고 물었다."

화운룡이 대답이 없자 존북사왕이 다시 물었다.

"비룡은월문 문주 화운룡이다."

"그런 문파도 있느냐?"

존북사왕으로서는 처음 듣는 문파명이다.

그는 자신이 비록 안마를 받고 있어서 정신이 산만한 상태이기는 해도, 화운룡이 기척도 없이 실내에 잠입해 지풍까지 발출한 것으로 봐서 최소한 절정고수 이상일 것이라고 판단했다.

그렇다고 해도 자신의 상대가 될 것이라는 생각은 눈곱만큼도 하지 않았다.

그는 전 무림을 통틀어서 자신의 상대가 될 만한 고수는 수십 명 내외일 것이라고 추측했다.

당금 무림에 대한 지식을 어느 정도 지니고 있는 존북사왕이지만 비룡은월문이라는 문파는 들어본 적이 없었다.

이번에는 화운룡이 물었다.

"너는 누구냐?"

"너는 알 자격이 없다."

무시를 당했는데도 화운룡은 태연했다. 상대를 제압한 후에 문초하면 될 일이기 때문이다.

"상의를 입어라."

화운룡은 의복도 추스르지 못한 상대하고는 싸우기가 싫었다.

존북사왕은 화운룡을 추호도 경계하지 않으면서 느긋하게 상의를 걸쳤다

침상의 기녀는 몹시 놀란 표정으로 허둥거리고 있지만 아무도 그녀에게 관심을 주지 않았다.

화운룡은 상대가 사녹성고수라면 금세 제압할 수 있겠지만, 공력이 삼 갑자에 이른다면 이 방 안이 너무 좁다는 생각

이 들어서 문 쪽으로 걸어갔다.

"밖으로 나와라."

그는 과연 자신이 삼 갑자 초절고수를 이길 수 있을지 장담할 수 없지만 이 싸움을 피하고 싶은 생각은 없었다.

화운룡이 한마디 남기고 밖으로 나가자 존북사왕은 옷을 마저 입고 뒤따라 나갔다.

그는 먼저 밖으로 나간 화운룡이 도망칠 것이라고는 생각하지 않았다. 도망칠 것이라면 애초에 싸움을 걸지도 않았을 것이기 때문이다.

화운룡은 일 층 대전에 서 있다가 계단을 내려오는 존북사왕을 쳐다보며 공력을 끌어 올렸다.

그는 자신들보다 공력이 삼십오 년이나 높은 존북사왕을 어떻게 상대할지 이미 계산이 섰다.

나보다 공력이 고강한 인물과 싸울 경우 무조건 지켜야 할 제일 수칙이 있다.

정면으로 맞부딪치면 안 된다는 것이다. 장력이든 무기든 부딪치면 반드시 손해를 보게 돼 있다. 그러므로 측면이나 머리 위, 또는 배후를 공격해야 한다.

두 번째 수칙은 선공이다. 그것도 숨 쉴 틈 없이 빠른 공격으로 삼초식 안에 상대를 거꾸러뜨려야 한다. 상대에게 반격의 기회를 줘선 안 된다.

화운룡은 첫 번째 공격으로 청룡전광검 삼초식 신강(神罡)을 전개할 생각이다.

그는 십절무황 시절에는 한 번도 삼초식 신강을 전개한 적이 없으며, 그 이전 혈기 넘치는 무적검신 시절에 무림을 주유하면서 강적을 만났을 때 수십 차례 신강을 전개해서 한 번도 실패한 적이 없었다.

신강은 이름 그대로 검강(劍罡)이지만 일반적인 검강하고는 차원이 다르다.

천하제일검법이라고 해도 과언이 아닌 청룡전광검의 검강인 것이다.

불빛조차 새어 들어오지 않는 캄캄한 대전이지만 화운룡이나 존북사왕에겐 대낮이나 다름이 없었다.

존북사왕은 상대의 당당함과 사내다움이 마음에 들었지만 자비를 베풀 정도는 아니다.

자신의 운우지락을 방해해서 화가 나지도 않았으며 단지 화운룡이 뭘 하는 놈인지, 그리고 무엇 때문에 자신을 공격하는 것인지가 궁금했다.

그는 아직 보진의 존재를 감지하지 못했다. 화운룡이 반구자폐술을 펼쳐놨기 때문이다.

보진은 어느 순간 퍼뜩 정신을 차리고는 너무 부끄러워서 옷 속으로 숨어버렸으며 그때부터 나오지 않고 있었다.

그래서 존북사왕은 화운룡이 체구가 매우 큰 잘생긴 청년
으로만 알고 있다.

슥—

화운룡은 이제부터 싸우겠다는 뜻으로 오른손을 들어 어
깨의 검파를 잡았다.

삼 갑자 공력의 존북사왕을 맨손으로 상대하는 것은 어리
석은 일이다.

후웃!

그 순간 그는 무극사신의 신법 용신비를 전개하여 존북사
왕에게 곧장 짓쳐 갔다.

지금부터 그가 전개하는 무공은 하나같이 천하제일이며 지
상 최고의 절학이 될 것이다. 다만 공력이 부족하여 제 위력
을 발휘하지 못할 터이다.

존북사왕은 화운룡이 짓쳐 오는 속도가 전광석화 같아서
흠칫 표정이 변했다.

화운룡이 공격을 개시한 것을 보고 거기에 맞춰서 반격을
하려고 했는데 화운룡이 이미 반격을 하기에는 늦은 사정거
리 훨씬 안까지 쇄도하고 있었다.

웬만한 일로는 천외신계 천신족인 존북사왕을 놀라게 할
수 없지만 상대는 화운룡이다.

표정이 변한 존북사왕은 재빨리 오른손을 쳐들면서 화운룡

에게 일장을 발출하려고 했다.

"……!"

그러나 전면에서 곧장 쇄도하고 있던 화운룡이 어느 순간 씻은 듯이 사라졌다.

좌우나 위 어디로든 사라지는 것이 보여야 하는데 그냥 쇄도하던 화운룡이 그 자리에서 사라져 버린 것이다.

그렇다고 시야에서 사라진 적을 두리번거리면서 찾는 것은 하수들이나 하는 짓이고, 기척으로 감지하려는 것은 절정고수까지 할 수 있는 행동이다.

존북사왕 정도의 초절고수(超絶高手)라면 기척보다 상승수법인 감(感)으로 안다.

'감'이란 배우는 것이 아니라 초절고수가 되면 자연스럽게 터득하게 되는 것이다.

찰나지간 존북사왕은 허리를 비틀면서 머리 위를 향해 오른손 일장을 뻗었다.

부악!

그는 단지 허리를 비트는 동작만으로 순식간에 좌측으로 반 장 미끄러졌으며, 그의 장심에서 회백색의 칙칙한 섬광이 번쩍하고 뿜어졌다.

쩡!

존북사왕 바로 옆 단단한 청석 바닥에서 두꺼운 얼음 깨지는 음향이 터졌다.

그와 동시에 그는 자신이 발출한 장력이 아무도 없는 허공을 쏘아 올라 이 층 천장을 가격하는 것을 보았다.

퍼억!

화운룡이 또 사라졌다. 머리 위에서 공격하는 것을 감지하고 일장을 갈겼는데 허탕을 쳤다.

방금 전에 한 번뿐인 경험이지만 그가 사라지면 곧장 공격이 가해진다.

또한 방금 얼음 깨지는 음향이 터진 곳은 존북사왕의 좌측 반 장 거리이며 피하기 전에 서 있던 자리였다.

그리고 음향으로 미루어 검강이 분명했다. 그것도 최상의 검강이다.

만약 허리를 비틀어 피하지 않은 상태로 그 자리에서 반격을 가했더라면 아무리 존북사왕이라고 해도 치명타를 당하고 말았을 것이다.

'놈을 과소평가했군.'

존북사왕은 실수를 인정했다. 하지만 큰 실수는 아니라고 판단했다. 이제부터 제대로 싸우면 될 테니까 말이다.

첫 번째 공격이 빗나간 것과 거의 같은 순간 화운룡은 존북사왕의 등 뒤로 내려서고 있었다.

그는 상대에게 반격할 기회를 주지 않으려고 했는데 존북사왕은 신강을 피하는 것과 동시에 반격을 가했으며 그것은 초절고수이기에 가능한 일이었다.

존북사왕은 화운룡이 예상했던 것보다 반 수 정도 더 고강한 인물이었다.

화운룡은 존북사왕의 뒤로 기척 없이 내려서면서 재차 청룡전광검 삼초식 신강을 전개했다.

그가 오른손에 쥐고 있던 무황검을 뻗으며 검신을 슬쩍 흔들자 일체의 기척도 없이 매우 엷고 푸르스름한 빛살이 섬광처럼 뿜어졌다.

십절무황이라면 상대가 아무리 고강해도 등 뒤로 내려서는 경우는 없지만 지금 그는 십절무황이 아니다. 무조건 존북사왕을 쓰러뜨려야만 한다.

그런데 그때, 뒷모습을 보이고 있던 존북사왕이 뒷모습을 보인 상태 그대로 찰나지간 화운룡에게 가까워졌다.

그것은 신법을 전개한 것이 아니라 마치 거리를 갑자기 좁혀서 공간 이동을 한 것 같은 동작이다.

이것 역시 화운룡의 예상을 뛰어넘는 상황이었다. 이런 수법을 전개할 줄 몰랐다.

그런데 거리가 가까워지고 있을 뿐만 아니라 존북사왕은 어느새 이쪽을 향해 돌아서 있는 상태다.

또한 더욱 가까이 공간을 좁혀 오면서 상체를 가볍게 흔들어 화운룡이 발출한 신강을 간단하게 피해 버렸다.

비록 화운룡이 백사십오 년 공력으로 전개한 신강이라고 해도 이처럼 간단하게 피할 수는 없다.

천하제일검 청룡전광검, 그것도 삼초식 신강이 아닌가. 그 바람에 화운룡은 흠칫 당황했다.

뿐만 아니라 어느새 일 장까지 쇄도하고 있는 존북사왕이 오른손을 뻗자 섬광이 번뜩이며 폭발하는 것 같은 흑광이 뿜어졌다.

후우우―

조금 전 일장하고는 다른 공격이다.

강기(罡氣)다. 화운룡이 검강으로 공격을 하니까 그도 강기로 대적을 했다.

화운룡은 피할 수 없음을 직감했다. 거리가 지나치게 가깝고 존북사왕의 강기가 너무 빠르다.

무조건 선공을 하되 정면으로 부딪치지 않으려는 그의 작전이 빗나가고 있다.

신강이 이미 빗나가 버린 상황에서 적의 강기에 적중된다면 화운룡은 물론이고 보진 역시 즉사하거나 치명적인 중상을 당할 것이다.

그렇다고 호락호락 당할 화운룡이 아니었다. 결국 화운룡

은 청룡전광검을 터득한 이후 지금껏 단 두 번밖에 전개한 적
이 없는 제사초식 파천(破天)을 뿜어냈다.

지금의 위기를 기회로 전환할 수 있는 방법은 그것뿐이라
고 판단했다.

고오옴!

반 장 앞으로 쇄도하면서 강기를 발출하고 있는 존북사왕
이 움찔 놀라면서 화운룡이 그어 내리고 있는 무황검에 시선
이 꽂히며 눈이 부릅떠졌다.

"무황검!"

꽈르릉!

그 순간 존북사왕의 강기와 화운룡의 파천이 정면으로 정
확하게 격돌했다.

고막을 찢어발기는 듯한 굉음이 터지며 거센 반탄력이 화
운룡과 존북사왕을 휩쓸었다.

화운룡은 거센 반탄력에 무황검을 쥔 오른팔이 떨어져 나
갈 것 같은 통증을 느끼면서 허공을 빙글빙글 돌며 가랑잎처
럼 훌훌 날아갔다.

존북사왕 역시 오른팔이 부러지는 듯한 통증을 느끼면서
선 채 뒤로 주르르 밀려가더니 등이 벽에 닿았다.

쿵!

'이럴 수가……'

가슴이 쪼개지는 듯한 통증을 느끼면서 존북사왕은 어이없는 표정을 지었다.

이 두 번째 격돌로 존북사왕은 화운룡이 자신과 동수(同手)이거나 어쩌면 반 수 정도 고강할 것이라고 짐작했다.

화운룡의 공력이 약하지만 그의 초식 신강과 파천이 충분히 보완하고도 남았다.

존북사왕은 상대를 죽이거나 제압하는 것보다 자신이 살아야 할 상황에 처했다는 사실을 절감했다.

그러는 한편 난생처음 만난 호적수에 가슴이 두근거리는 흥분을 느꼈다.

그 역시 무(武)를 숭상하는 무인인 것이다.

그리고 또 하나의 의문이 들었다.

'무황검 같았는데… 아니었나?'

화운룡이 파천을 전개하기에는 백사십오 년이라는 공력이 턱없이 부족했으며 또한 상대적으로 존북사왕이 고강했다.

파천이 제대로 원래의 위력을 발휘하려면 최소한 이백 년 공력이 있어야 한다. 그러면 상대가 무엇이든 완전히 가루로 만들 수 있다.

그러나 부족한 대로 화운룡과 보진이 합친 공력이 지금보다 이십 년 높은 백육십 년 수준만 됐더라도 방금 격돌에서 존북사왕은 결코 일어나지 못했을 것이다.

쿵!

화운룡은 허공에서 두어 바퀴 공중제비를 돌고 나서 중심을 잡아 두 발로 바닥에 묵직하게 내려선 후에도 대여섯 걸음 뒷걸음질 치고 나서야 겨우 멈추었다.

입에서 비릿한 피 냄새가 나면서 축축한 액체가 흐르는 것이 느껴졌다.

핏덩이를 토하지 않고 비릿한 피 냄새만 나는 것은 가벼운 내상을 입었다는 뜻이다.

그는 저만치 대전의 맞은편 벽에 등을 기댄 채 서 있는 존북사왕을 쏘아보았다.

그가 봤을 때 존북사왕은 방금 전 격돌에서 약간의 내상을 입은 것 같았다.

하지만 그보다는 조금 전까지 화운룡을 하수로 생각하고 상대했다가 손해를 봤을 테니까 그에 따른 정신적인 충격이나 자존심이 더 상했을 것이다.

화운룡은 문득 조금 전 존북사왕이 놀라서 '무황검!'이라고 부르짖었던 외침을 떠올렸다.

'저자가 어떻게 무황검을 알고 있는 것인가……'

그것은 절대로 말이 안 되는 일이었다. 무황검은 지금으로부터 오 년 후 장하문을 군사로 거두어서 그에게 선물로 받아 그때부터 사용하게 될 것이기 때문이다.

그러니까 무황검이라는 검은 현재 무림에는 전혀 나타나지도 알려지지도 않은 상황이었다.

또한 '무황검'이라는 이름은 화운룡이 오랜 세월 동안 사용했던 무적검신이라는 별호를 버리고 바야흐로 무황성의 성주인 십절무황이 되었을 때 지어졌다.

그러니까 지금으로부터 최소한 오십 년 이후가 돼서야 무황검이라는 검명(劍名)이 세상에 알려지게 되는 것이다. 그나마도 십절무황 시절의 그는 천하무적이었으므로 싸울 일이 거의 없어서 무황검을 사용할 일이 별로 없었다.

과거로 돌아온 화운룡이 이 검을 사용한 지는 몇 달 되지 않았으며, 더구나 무황검이라는 이름은 그의 최측근 용신들만 알고 있는 정도다.

그랬는데 오늘 생전 처음 마주친 천외신계의 인물이 알아본 것이다.

그게 가능하려면 오로지 한 가지 경우에만 가능하다.

'설마 저자가 미래에서 왔다는 말인가?'

그래서 말도 안 된다고 생각한 것이다.

어쨌든 그것을 알아내려면 저자를 제압해야만 한다. 그러나 지금으로선 상대를 제압하는 것보다 화운룡과 보진이 생존하는 것이 더 시급한 처지가 됐다.

화운룡은 보진에게 전음을 했다.

[진아, 단전을 개방하고 나를 받아들여라.]

최후의 방법은 아니지만 그렇다고 편법도 아니다. 화운룡은 자신의 공력이나 보진의 공력을 좀 더 원활하게 사용할 필요를 느꼈다.

보진은 화운룡이 시키는 대로 단전을 활짝 열어 개방했다. 이런 방법은 한 번도 해본 적이 없지만 어떻게 단전을 개방하는지는 알고 있다.

모름지기 자신의 단전을 타인에게 개방한다는 것은 내가 공력을 사용하는 권한을 그에게 온전히 일임하는 것이니까 죽어도 좋다는 뜻이다.

예를 들자면, 여자는 자신의 모든 것을 온전히 내주는 셈이고 남자라면 목숨을 맡기는 것이나 진배없는 일이다.

단전을 개방하는 것은 쉽게 말해서 화운룡이 그녀의 단전 속으로 들어가겠다는 뜻이다.

여태까지 한 것처럼 보진이 자신의 공력을 화운룡의 체내에 주입하는 방식은 어디까지나 남의 공력을 빌려서 사용하는 것이라서 내 공력처럼 원활하지가 못하다.

그렇기 때문에 화운룡이 보진의 공력을 완벽하게 활용하지 못하는 것이다.

하지만 보진 스스로 단전을 활짝 개방하여 받아들일 자세를 취하고, 화운룡이 아예 자신의 단전의 모든 기운을 통째로 그 속으로 옮겨 버린다면 두 개의 공력을 자신의 공력인 양 화운룡이 자유자재로 사용할 수가 있게 된다.

이런 방법을 사용하는 것 역시 당금 무림에서는 화운룡 혼자만이 가능한 일이다.

[열었어요.]

단전을 개방하는 것은 물론이고 상대가 화운룡이라면 그보다 더한 요구라도 서슴없이 들어줄 보진이다.

쑤우우…….

[허억!]

한순간 보진은 너무 놀라서 하마터면 입 밖으로 비명을 지를 뻔했다.

배꼽 아래로부터 무엇인가 밀려들어 오는 것 같더니 곧 배가 빵빵해졌다. 그것은 밥을 많이 먹었을 때의 포만감하고는 다른 느낌이다.

임신을 하여 태아가 자궁에 들어 있는 것과 같은 따스한 느낌이지만 경험이 없는 보진은 그런 걸 알지 못했다.

[아아… 기분이 이상해…….]

보진은 화운룡이 자신에게 들어와 있는 느낌을 받았다.

물론 형체를 갖추지 않은 공력이라서 흔적을 남기지는 않겠지만 통과로 인한 충격은 생생하게 느껴졌다. 그녀는 무형적으로 화운룡을 경험하게 되었다.

[나오지 말고 숨어 있어라.]

한마디 하고 화운룡은 존북사왕을 향해 일직선을 그으며 곧장 쏘아갔다.

슈우우—

지금까지 상황을 설명하는 것은 길었지만 격돌 이후 화운룡이 바닥에 내려섰다가 존북사왕에게 다시 쏘아 가기까지는 불과 한 호흡 정도가 소요됐을 뿐이다.

사신신법 경공 용신행이 전개되자 화운룡은 찰나지간 존북사왕 면전에 이르렀으며, 움찔 놀라는 표정의 그를 보면서 파천을 뿜어냈다.

고오옴!

'이런……'

조금 전 격돌의 충격 때문에 아직 등을 벽에 붙이고 있는 존북사왕은 움찔했다.

방금 전의 격돌로 화운룡이 분명히 충격을 받았을 것이라고 짐작했는데 설마 이렇게 빨리 세 번째 공격을 시도할 줄 예상하지 못했다.

더구나 화운룡이 전개하고 있는 경공은 여태까지와는 비교할 수 없을 정도로 쾌속했다.

화운룡은 어느새 일 장 반 앞까지 쇄도하면서 머리 위로 들어 올린 무황검을 벼락같이 그어 내리고 있다.

그 순간 존북사왕은 한 가지 엄청난 사실을 깨달았다.

'이자가 십절무황이다!'

무황검을 지녔다면 십절무황이다. 또한 그가 전개하는 절학을 봐도 알 수가 있었다.

천녀황은 십절무황에 대해서 지엽적인 것 몇 개만 알려주었는데 그의 성명무기가 무황검이며 어떻게 생겼는지도 가르쳐 주었다.

화운룡이 십절무황이라고 판단한 존북사왕은 이것이 생사를 가르는 마지막 기회라고 판단했다.

'영멸겁(永滅劫)이 아니면 안 된다!'

천외신계의 여황인 천녀황이 무림에 나가면 절대로 사용하지 말라고 명령한 바로 그 영멸겁이다. 그러나 존북사왕은 상대가 십절무황이라고 판단했기에 천녀황의 명령을 어겨도 될 것이라고 판단했다.

화운룡이 일 장 반 거리까지 쇄도하면서 파천을 뿜어내고 존북사왕이 영멸겁을 전개해야겠다고 결심한 순간까지는 촌음을 백으로 쪼갠 짧은 순간이다.

존북사왕은 자신이 끌어 올릴 수 있는 모든 공력을 쌍장에 모아 전력으로 발출했다.

유우웃!

정말로 뜨거운 물에서는 김이 나지 않고 가장 뜨거운 불길이 눈에 보이지 않는 것처럼, 존북사왕의 영멸겁은 검신을 살짝 휘었다가 놓았을 때 같은 미약한 음향만 났다.

더구나 존북사왕은 피하지 않고 그 자리에 우뚝 서서 죽을 힘을 다해 두 팔 쌍장을 뻗었다. 죽든 살든 이 일장에 운명을 걸었다.

상대가 정말 십절무황이라면 죽거나 중상을 입는 사람은 존북사왕이 될 것이다.

그 순간 화운룡은 보았다. 번쩍! 하면서 눈앞이 온통 새하얗게 백색으로 변하는 것을.

꽝!

아주 짧고 간명한, 그러나 천지가 종말을 고하는 듯한 어마어마한 굉음이 터졌다.

얼마나 큰 굉음인지 화운룡과 보진, 존북사왕까지 귀가 먹먹해서 아무 소리도 들리지 않았다.

아니, 아무 소리도 들리고 말고가 없다. 그 순간 화운룡과 보진은 정신을 잃고 말았으니까.

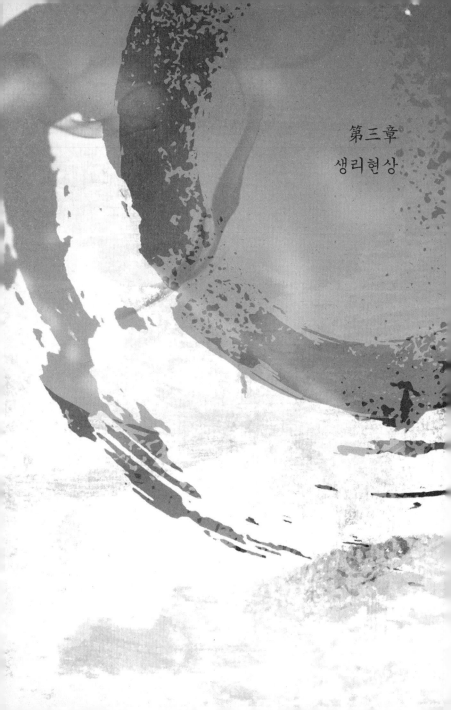

第三章
생리현상

　화운룡은 정신을 잃은 지 반각 만에 깨어났는데 자신이 정
신을 잃었다는 사실조차도 몰랐다.

　"……."

　그는 움직이지 않은 채 눈을 뜨고 눈동자를 굴려서 주위를
두리번거렸다.

　이리저리 굽은 나뭇가지와 그 사이로 밤하늘에 떠 있는 반
달이 조금 보였다.

　천천히 상체를 일으키면서 주위를 둘러보았다.

　투둑…….

"어……."

순간 그의 몸이 한쪽으로 기우뚱하면서 아래로 추락할 것만 같았다.

그는 자신이 몇 개의 굵지 않은 나뭇가지에 가로지른 자세로 누워 있다는 사실을 깨닫고 중심을 잘 잡으면서 상체를 일으켜 앉았다.

모산파 장문인 거처 대전에서 존북사왕과 마지막 격돌을 했었는데 정신을 차려보니까 나무 위에 누워 있었다.

그렇다면 존북사왕과의 마지막 격돌에 그가 반탄력에 의해 튕겨져서 전각의 벽이나 지붕을 뚫고 여기까지 날아와 떨어졌다는 얘기다.

그건 그렇고 그는 제일 먼저 걱정되는 게 보진이다.

"진아."

그가 작은 목소리로 불렀지만 보진은 대답이 없었다.

조금 전 존북사왕과의 격돌 때 화운룡은 충격을 자신의 두 팔로 고스란히 받아냈다. 자신의 앞에 보진이 서 있기 때문에 존북사왕과 싸울 때 최대한 조심을 했었다.

"진아."

"아아… 저는 괜찮아요. 주군……."

그가 두 번째로 초조하게 부르는 목소리에 혼절에서 깨어난 보진이 얼떨떨한 상태에서 겨우 대답을 했는데 목소리가 힘이 없고 고통이 진득하게 배어 있었다.

"다쳤느냐?"

"모… 르겠어요……."

"음……."

화운룡은 낮은 신음을 흘리면서 도로 누웠다. 잠시 앉아 있는 동안에 두 팔은 물론이고 온몸이 부서지는 것처럼 아파서 저절로 몸이 뉘어졌다.

"주군, 많이 다치셨어요?"

보진이 힘없는 목소리로 물었다.

"모르겠다."

화운룡은 존북사왕이 어찌 됐을지 궁금했다. 자신이 이 정도면 존북사왕도 무사하지는 못할 것이라고 짐작하지만 방심하기에는 이르다.

그렇지만 일단 현재의 몸 상태를 확인하는 것이 급선무다. 심각한 내상을 입어서 공력이 흩어졌거나 싸움을 할 수 없는 상황이라면 정말 곤란하다. 정말 그렇다면 더 이상 싸울 수 없으므로 후퇴할 수밖에 없다.

"너는 가만히 있어라."

화운룡이 보진의 단전에 들어가서 일체가 되어 있는 상태이므로 화운룡 자신은 물론이고 보진의 상태를 점검하는 것도 가능했다.

화운룡은 보진의 단전에서 공력을 끌어내서 전신으로 천천히 주천시켰다.

"아아……."

보진이 미약한 신음 소리를 냈다.

화운룡이 공력을 전신 혈맥으로 주천시키면 구태여 자신과 보진을 따로 주천시키지 않아도 된다.

두 사람이 하나로 연결되었기 때문에 그냥 한 번만 주천시키면 두 사람이 한꺼번에 점검이 되는 것이다. 공력의 일심동체이기에 가능한 일이다.

그 상황에서 보진은 아까 화운룡이 공력을 단전에 합일시킬 때 느꼈던 기분을 다시 느끼게 되었다.

화운룡이 공력을 삼 주천 시켜본 결과 두 사람은 내상을 입지는 않았다.

내장과 장기가 심하게 진탕하여 조금 자리를 이탈하기는 했지만 심각한 정도는 아니다.

그 정도 내상은 화운룡이 공력을 주천시키는 과정에 이미 바로잡았다.

다음은 외상의 확인이다. 내상은 공력을 체내에 주천시키는 것으로 알 수 있으나 외상은 직접 손으로 만지면서 확인을 해봐야 한다.

"내가 네 몸을 만질 때 아프면 말해라."

"네……."

화운룡이 보진의 몸을 만지는 일은 이제 익숙할 때도 됐지만 그녀는 도통 그러지 못했다.

그의 손이 몸에 닿을 때마다 최초인 것처럼 몸이 찌르르하고 정신이 아득해졌다.

외상까지 꼼꼼하게 점검해 본 결과 특별하게 아프거나 다친 곳은 없으며 화운룡과 보진 둘 다 팔이, 그것도 오른팔이 매우 아픈 정도였다.

존북사왕과 몇 차례 격돌로 오른팔이 거센 충격을 받았기 때문인데 다행히 부러지지는 않았다.

그런데 화운룡은 내상과 외상을 점검하는 과정에 한 가지 이상한 점을 발견했다.

자신들의 공력이 조금 더 높아진 것을 확인한 것이다.

화운룡과 보진의 공력을 합쳐서 원래 백사십오 년 수준이었는데 지금은 백칠십 년이 되었다.

체내에서 생성된 공력은 기해혈(氣海穴), 즉 단전에 차곡차곡 축적이 된다.

단전의 최소단위는 미소단전(微小丹田)이며 미소단전 하나는 일 년 공력이고 그게 열 개로 불어나면 십 년짜리 소단전(小丹田)이 된다.

그래서 소단전이 가득 차면 십 년 내공이 되고, 소단전이 여섯 개가 되어 일 갑자 육십 년 공력이 되면 중단전(中丹田)이라는 것이 생겨난다.

중단전이 두 개가 되면 절정고수 반열에 오르며 그것을 대단전(大丹田)이라 하고 이 갑자 백이십 년 공력이다.

화운룡쯤 되는 인물이 공력 수위를 착각하거나 잘못 계산했을 리가 없었다.

현재 그와 보진의 공력을 합치면 대단전 하나에 십 년짜리 소단전이 다섯 개다. 즉, 백칠십 년인 것이다.

존북사왕과 그토록 굉장한 일전을 펼치고 심한 충격을 받았으면 공력이 흩어져야 마땅한데 오히려 증진됐다는 사실이 놀랍고도 이상한 일이다.

그렇다고 보진의 공력이 갑자기 높아졌을 리는 없다. 가능성이 있다면 화운룡 쪽이다.

'그렇다면 혹시 이 현상이 조금 전의 격돌 때문에 전벽이 깨져서 갇혀 있던 공력이 방출된 것인가?'

전벽(田壁)이란 단전과 단전 사이의 벽을 말한다.

화운룡은 우화등선을 시도하여 과거로 회귀하는 과정에 어떤 초자연적인 현상에 의해서 자신의 공력이 전벽에 갇혔을 것이라고 추측했다.

그렇기 때문에 그만의 운공조식인 태자천심운을 통해서 전벽의 최소 단위인 미소단전을 하나씩 허물게 되어 며칠이 지나면 공력이 일 년씩 생성되는 것이라고 판단했다.

그런데 방금 공력을 체내에서 주천시킨 결과, 이십오 년 공력이 급증했다는 사실을 확인했다.

여태까지 그의 공력은 태자천심운에 의해서만 증진됐다. 그것도 며칠에 공력 일 년씩이었다.

그리고 현재까지는 그 가설이 들어맞았다. 그렇게 해서 회복한 공력이 삼십오 년 수준이었다.

지금처럼 갑자기 한꺼번에 이십오 년씩이나 급증한 적은 한 번도 없었다.

어쨌든 공력이 이십오 년 급증하여 백칠십 년이 된 것은 분명한 사실이다.

갑자기 급증한 이십오 년 공력이 사라질지 아니면 온전히 그의 소유가 될지는 두고 봐야 할 것이다.

어쨌든 지금이라면 존북사왕하고 정면으로 한판 붙어도 꿀리지 않을 자신이 있다.

존북사왕보다 십 년 적은 공력쯤은 초식으로 충분히 보완할 수가 있었다.

[주군…….]

그때 보진이 작게 속삭이듯이 전음을 보냈다.

[왜 그러느냐?]

[저…….]

보진은 얼른 말하지 않고 머뭇거렸다.

[어디 아픈 것이냐?]

[아… 아무것도 아니에요.]

[내가 네 단전에 들어가 있는 것이 불편한 것이냐?]

[그런 게 아니에요.]

섬세하지 못한 화운룡은 보진이 왜 그러는 것인지 궁금하
게 여기지도 않았다.

[그자하고 다시 마주치면 최후의 일전을 벌여야 할 테니까
그때까지만 참아라.]

그가 경고하듯이 말을 하자 보진은 말을 꺼낼 수밖에 없다
고 생각했다. 존북사왕하고 싸우다가 일이 터지면 곤란하기
때문이다.

[저… 오줌 마려워요.]

[아…….]

생리현상은 어쩔 수가 없다.

[내려가서 옷에서 빼주마.]

보진을 옷에서 분리하면 몸이 떨어지기 때문에 두 사람의
공력이 일심동체가 된 것도 자연히 분리되고 만다.

그 상황에 존북사왕이 급습을 한다면 손쓸 방도 없이 당하
고 말 테지만 보진더러 생리현상을 참으라고 할 수는 없었다.

그녀도 참다 참다가 겨우 말했을 테니까 말이다.

화운룡이 땅에 내려서자 보진이 몹시 수줍게 기어드는 목소리로 말했다.

[옷에서 나가야겠어요.]

[알았다.]

화운룡은 어두컴컴한 숲속을 추호의 기척도 없이 빠르게 전진하고 있었다.

그는 존북사왕하고의 격돌 때 충격으로 자신과 보진이 모산파 바깥으로 날아와 숲에 떨어졌다는 사실을 확인하고는 적잖이 놀랐으며 또 어이가 없었다.

모산파 장문인 거처에서 담이 가깝다고는 하지만 담장 너머 숲까지의 거리는 못 돼도 이십여 장이다.

존북사왕과의 격돌로 화운룡과 보진이 이십여 장이나 날려가서 숲의 나뭇가지에 떨어져 혼절을 했던 것이니 화운룡과 존북사왕이 얼마나 혼신의 힘을 쏟아내서 격돌을 했는지 짐작할 수가 있을 것이다.

숲이 워낙 울창한 탓에 화운룡은 숲을 벗어나서야 모산파가 바로 근처에 있다는 사실을 알게 되었다.

그가 신형을 솟구쳐서 모산파로 쏘아가려고 할 때, 전방에서 빠르게 다가오고 있는 검은 인영을 발견했다.

그는 검은 인영이 자신과 싸웠던 존북사왕이라는 것을 한 눈에 알아보았다.

화운룡은 주위를 둘러보다가 마침 싸우기에 적당한 꽤 널찍한 공터를 발견하고 그곳으로 걸어가서 존북사왕이 다가오기를 기다렸다.

보진은 머리까지 감추고 숨소리도 내지 않은 채 꼭꼭 숨어 있는 중이다.

조금 전에 오줌을 누고 나서 그녀는 부끄러워서 아무 말도 하지 못하고 있었다.

가까이 다가와서 다섯 걸음 앞에 멈춘 존북사왕은 크게 다친 것 같지는 않은 모습이었다.

하긴 화운룡과 보진이 중상을 입지 않았으면 존북사왕도 그럴 수 있는 것이다.

존북사왕은 화운룡을 주시하면서 잠시 살피는 것 같더니 잠시 후 진지한 표정을 지었다.

"귀하가 십절무황이오?"

그가 다짜고짜 불쑥 묻는 말에 화운룡은 조금 어이없는 표정을 지었다.

아까는 무황검을 알아보더니 이제는 십절무황이냐고 대놓고 묻는다. 또한 말투가 정중해졌다. 화운룡이 십절무황이라면 예의를 갖추겠다는 뜻인 듯했다.

화운룡은 담담한 얼굴로 물었다.

"너는 누구냐?"

존북사왕이 정중하거나 말거나 화운룡은 거침없이 하대를 했다.

존북사왕은 정중하게 말했다.

"내 물음에 대답해 주면 나도 대답하겠소."

화운룡은 고개를 끄떡였다.

"그렇다. 내가 십절무황이다."

감추고 싶지도 않고, 그러는 것은 화운룡의 성미에 맞지 않는 일이다.

그는 존북사왕의 얼굴에 흐릿하게 기쁜 기색이 스치는 것을 놓치지 않았다.

기뻐하다니, 어째서 십절무황이라는 것을 확인하고는 기뻐한다는 말인가.

존북사왕은 가볍게 고개를 숙여 최소한의 예를 표했다.

"나는 천신계에서 왔소. 귀하는 천신계라는 말을 들어본 적이 있소?"

"천외신계를 말하는 것이냐?"

존북사왕은 고개를 끄떡였다.

"중원에서는 본 계를 그렇게 부른다고 들었소. 그렇소. 나는 천외신계에서 여황 폐하의 지엄하신 명령을 받고 당신을 찾으러 중원에 왔소."

화운룡은 가볍게 미간을 좁혔다.

"나를 찾으러?"

"여황 폐하께서 당신을 본 계로 모셔오라고 말씀하셨소."

천외신계의 여황인 천녀황은 존동오왕과 존북오왕 도합 십존왕에게 십절무황을 찾아서 포섭하거나 천외신계로 데려오라고 명령했다.

존북사왕은 솔직히 십절무황에 대해서 잘 알지도 못하고 말주변도 없으므로 그를 포섭할 자신이 없기에 할 수만 있다면 그를 천외신계로 데려가는 방법을 선택했다.

존북사왕이 십절무황에 대해서 알고 있는 것은 많지 않으며 천녀황이 알려준 몇 가지가 전부다.

십절무황은 최소 오십 년, 아니면 그보다 더 먼 미래에서 과거로 회귀했다는 것.

십절무황은 역사상 최초로 전 무림의 정파와 사파, 마도, 요계, 녹림 등 천하오파(天下五派)를 굴복시켜 천하무림을 일통한 인물이라는 것.

그의 말 한마디에 목숨을 걸고 움직일 고수의 수가 무려 오십만 명에 이른다는 것.

그렇기 때문에 십절무황을 포섭하거나 회유하지 않은 상황에서는 천외신계의 천마혈계가 성공할 확률이 절반으로 급감

한다는 사실 등이다.

화운룡은 천외신계에 대해서 알아낸 내용이 녹성고수 둘을 문초하여 얻은 것이 전부다.

그래도 그거면 충분하다. 그걸 미끼 삼아서 더 많은 것을 알아내는 것이 화운룡의 능력이다.

"천녀황이 나를 데려오라고 했다는 것이냐?"

'천녀황'이라는 호칭에 존북사왕이 발끈했다.

"말조심하시오."

화운룡이 점잖게 꾸짖었다.

"이놈아, 그러자면 넌 내 앞에서 부복해야 하느니라."

"……"

존북사왕은 찔끔했다.

천녀황이 천외신계의 여황이라서 화운룡이 말조심해야 한다면, 화운룡은 중원무림의 천하제일인이므로 존북사왕이 마땅히 부복해야 한다는 뜻이다.

말인즉, 천녀황은 너희들의 우두머리니까 내가 구태여 예를 차리지 않아도 된다는 것이다.

그것을 알아들은 존북사왕은 구태여 고집을 부리고 싶지 않아서 고개를 끄떡였다.

"그렇소. 여황 폐하께서 귀하를 데려오라고 하셨소."

오십 대의 존북사왕은 스무 살 남짓한 화운룡이 하대를 하는데도 개의치 않고 정중했다.

"이유가 뭐냐?"

"그것은……."

존북사왕은 말끝을 흐렸다. 모른다고 말하는 것은 십절무황에게 통하지 않는다는 것을 알고 있다. 그렇다고 사실대로 말하는 것은 내키지 않았다.

그런데 화운룡이 앞서갔다.

"천외신계가 나를 포섭하겠다는 것이냐?"

노련한 존북사왕이지만 정곡을 찔리고는 뜨끔했다.

화운룡은 존북사왕의 표정이 가볍게 변하는 것을 보고 자신의 짐작이 적중했음을 알았다.

"그럴 필요 없다."

"무슨 뜻이오?"

"나는 천마혈계 따위에는 관심이 없다."

존북사왕은 화운룡이 '천마혈계'를 알고 있다는 사실에 움찔 가볍게 놀랐다.

화운룡의 의문은 다른 것에 있었다.

"너는 나를 어떻게 알아봤느냐?"

존북사왕은 화운룡 오른쪽 어깨의 무황검을 쳐다보았다.

"무황검을 보고 짐작했소."

"무황검을 어떻게 아느냐?"

"여황 폐하께서 무황검의 모양을 알려주셨소."

존북사왕은 화운룡이 십절무황이라는 사실을 알고 난 후부터 그와 싸울 뜻이 없어졌다. 포섭하거나 회유해야 할 상대하고 싸울 수는 없는 노릇이었다.

"천녀황이 무황검을 어떻게 아느냐?"

"그것은 모르겠소."

"그러면 천녀황이 나를 어찌 아느냐?"

"그것도 모르겠소."

화운룡이 보기에 존북사왕이 무황검을 알아보는 것은 천녀황에게 설명을 들었기 때문인 것 같다.

그런데 천녀황이 무황검이나 십절무황을 어떻게 알았는지에 대해서는 수하들에게 말해주지 않은 모양이다.

그것을 알아내자면 천녀황을 직접 만나서 물어봐야 할 테지만 화운룡은 그럴 생각이 없다. 궁금하기는 해도 그렇게까지 할 정도는 아니었다.

"너는 누구냐?"

"나는 존북사왕이오."

"존북?"

화운룡은 일전에 녹성북칠이십팔호를 문초하여 들은 천외신계 신분 계급을 떠올렸다.

"그럼 너는 천신족 신조삼위의 그 존이냐?"

존북사왕은 십절무황이 모르는 게 없다고 생각했다.

화운룡은 아주 조금 알고 있는데도 꽤나 많이 아는 것처럼 부풀려서 말했다.

"그렇소. 나는 신조삼위의 십존왕 중에 존북사왕이오."

'십존왕'이라는 말에 화운룡의 미간이 슬쩍 찌푸려졌다.

화운룡의 사부 솔천사가 바로 십존왕 열 명에게 합공을 당해서 죽음을 당했기 때문이다.

엄밀하게 따지자면 화운룡은 아직 솔천사를 만나기 전이니까 그의 제자가 아니다.

하지만 먼저 살았던 생에서 그는 솔천사의 제자로서 무극선인의 팔대전인이며 사신천제의 신분이다.

화운룡은 지금으로부터 오 년 후에 솔천사의 유지를 받들게 된다. 그리고 솔천사는 삼십 년 전에 십존왕에게 합공을 당해 중상을 입고 괄창산으로 도주했다.

그러니까 지금으로 따지면 이십오 년 전에 십존왕이 솔천사를 합공한 것이 된다. 아니, 어쩌면 이번 생에서 십존왕은 솔천사를 합공하지 않았을지도 모른다.

그렇다면 솔천사는 아직 살아 있을 것이고 화운룡은 살아 있는 솔천사를 만날 가능성이 있다.

화운룡은 아까 하던 얘기를 계속했다.

"너희 천외신계가 천마혈계를 발동하든 무엇을 하든 나는 관심이 없다."

"무슨 뜻이오?"

"말 그대로다. 천외신계가 나를 건드리지만 않는다면 나도 천외신계를 적으로 여기지 않겠다."

존북사왕은 설마 화운룡이 그런 말을 할 줄은 예상하지 못했었기에 움찔 가볍게 놀라더니 한동안 복잡한 표정으로 화운룡을 주시했다.

천녀황은 천마혈계를 발동하는 데 가장 큰 장애물이 십절무황이라고 판단했다.

그다음 장애물이 천상성계가 무림에 심어놓은 사신천제와 그가 이끄는 사신천가이지만 그것에 대해서는 따로 안배를 해둔 상황이다.

그래서 십절무황을 포섭하거나 회유하여 천외신계 편으로 끌어들여서 방해하지 않게 만드는 것이 최선의 방법이라고 천녀황은 생각했다.

그런데 포섭하거나 회유하기도 전에 십절무황 스스로 자신을 건드리지 않으면 그도 천외신계가 무엇을 하든지 관심이 없다고 말하고 있으니, 그 말이 진실이라면 그거야말로 상책 중에서도 상책이다.

존북사왕은 갑자기 굴러들어온 횡재에 적잖이 긴장해서 조심스럽게 물었다.

"귀하를 건드리지 않는다는 것은 무슨 뜻이오?"

화운룡은 잠시 생각하다가 고개를 가로저었다.

"아니다. 그런 약속 따위는 무의미하다."

"……."

화운룡은 무림에서의 약속이라는 것이 얼마나 무가치한지에 대해서 누구보다도 잘 알고 있다.

하물며 중원도 아닌 머나먼 세외(世外), 그것도 천하를 피로 씻으려고 수백 년 동안 음모를 꾸민 천외신계하고의 약속이 지켜질 것이라고 믿지 않았다.

더구나 천녀황하고 직접 약속을 해도 믿을까 말까 한 판국에 천녀황의 수하인 십존왕 중 한 명하고의 약속이라는 것이 부질없다는 것을 잘 알고 있다.

존북사왕은 머리가 좋은 편이다. 그는 화운룡이 무슨 생각으로 '그런 약속 따위는 무의미하다'라고 말했는지 금세 알아차리고 자신이 할 수 있는 최선의 방법을 선택했다.

"귀하의 말을 여황 폐하께 전하겠소. 그리고 귀하가 나와 같이 본 계에 가준다면 더할 나위 없을 것이오."

그는 십절무황을 발견했다는 사실을 어떻게든지 천외신계에 알려야 하기 때문에 자신이 이쯤에서 발을 빼는 것이 좋겠다고 판단했다.

십절무황이 비룡은월문의 문주라고 직접 자신의 입으로 말했으니까 그것만으로도 이미 큰 소득이다.

그 사실을 보고하고 나면 이후에는 여황의 또 다른 명령이 내려질 터였다.

존북사왕이 지금 이 상황에서 물러나려고 하는 것은 자신의 능력으로는 십절무황을 감당하지 못할 것 같다고 예상하기 때문이다.

천외신계의 신조삼위 십존왕 정도 되는 인물이 죽음이 겁나서 그러는 게 아니다.

자신이 여기에서 싸우다가 죽어버리면 십절무황을 발견했다는 것과 그에 대한 사실이 묻혀 버릴 것이기 때문에 아무 소용이 없는 것이다.

그는 지금까지 십절무황하고 싸워본 결과 승패를 장담할 수 없을 것 같았다.

더구나 십절무황은 최초의 공격보다 두 번째가 더 강해졌으며 그것보다는 또 마지막 삼초식이 두 배 이상 막강했다. 그런 걸 봤을 때 네 번째 공격은 필시 존북사왕으로서는 감당하지 못할 위력이 분명할 터이다.

아무래도 십절무황은 진실한 능력을 감추고 존북사왕을 갖고 노는 것 같았다.

화운룡은 일단 고개를 끄떡였다.

"하나만 묻겠다."

존북사왕은 화운룡이 고개를 끄떡인 것이 자신의 말을 받아들이겠다는 뜻으로 알아들었다.

"말하시오."

"솔천사를 아느냐?"

순간 화운룡은 존북사왕의 표정이 미세하게 변하는 것을 발견했다.

사실 십존왕은 천외신계를 떠날 때 천녀황으로부터 하나의 명령을 더 받았다.

그것은 무극선인의 제칠대 전인인 솔천사를 찾아내서 합공하여 반드시 주살하라는 명령이었다.

사신천가의 우두머리인 솔천사만 죽이면 사신천가가 꼼짝도 못할 것이기 때문이다.

그러나 존북사왕은 눈앞에 서 있는 화운룡이 천하제일인 십절무황인 동시에 솔천사의 전인, 즉 무극선인의 제팔대 전인이라는 사실은 꿈에도 짐작하지 못했다.

존북사왕은 화운룡이 어떻게 솔천사를 알고 있는지 궁리를 해봤지만 답을 찾아내지 못했다.

더구나 그가 다 알고 묻는 것 같은데 모른다고 잡아뗄 수가 없을 것 같았다.

"알고 있소."

화운룡은 자신이 솔천사의 제자라는 사실을 드러내지 않기로 마음먹었다. 그러자면 솔천사에 대해서 집요하게 캐물어서는 안 된다.

"그를 본 적이 있느냐?"

"본 적 없소."

존북사왕은 화운룡이 솔천사에 대해서 묻는 의도가 궁금했지만 직접 물어보지는 않았다.

화운룡은 가볍게 고개를 끄떡였다.

"이제 너는 준비해라."

존북사왕은 의아한 표정을 지었다.

"무엇을 말이오?"

"싸울 준비 말이다."

"그게 무슨……."

존북사왕은 지금 같은 상황에 싸울 준비를 하라는 화운룡의 말을 얼른 이해하지 못했다.

그러나 화운룡은 분명히 말했으니까 지금 공격한다고 해서 급습을 하는 것은 아니다. 원래 그는 정정당당한 사람이다.

스읏…….

화운룡은 용신행을 전개하여 바람보다 더 빠르게 덮쳐가면서 오른손으로 무황검을 뽑아 청룡전광검법 삼초식 신강을 발출하는 것과 동시에 왼손을 뻗었다.

투우—

무황검에서 지상 최고의 검강인 신강이 뿜어졌다.

"왜 이러는 것이오?"

거리가 너무 가까운 데다 방심하고 있던 존북사왕은 다급하게 쌍장을 뻗어 영멸겁을 발출하면서 쓰러지듯이 오른쪽으로 몸을 날려 피했다.

공력을 끌어 올리지 못한 상황이라서 절반의 공력이 실린 영멸겁이 발출됐다.

존북사왕은 최대한 빠른 동작으로 몸을 날렸지만 왼쪽 어깨에 신강이 적중됐다.

파앗!

추호의 용서가 없는 신강은 그의 어깨 바깥쪽에 구멍을 뚫으면서 뜯어버렸다.

화운룡이 무황검으로 신강을 발출한 것은 정확하게 급소를 맞추지 못하더라도 존북사왕이 왼쪽으로 피하도록 하기 위한 미끼였다.

존북사왕이 몸을 날려 피한 방향에는 화운룡의 왼손이 기다리고 있었다.

존북사왕은 화운룡이 아직 이 장 거리에 있으며 그가 방금 신강을 펼쳤기 때문에 자신이 위험에 처할 일은 없을 것이라고 생각했다.

화운룡의 왼손이 빠르게 허공에 작은 원을 그렸다가 움켜

잡는 동작을 취했다.

콱!

순간 존북사왕은 보이지 않는 무엇이 자신의 오른쪽 어깨를 거세게 움켜잡는 것을 느꼈다.

"억!"

그는 화운룡의 무황검만 경계했기에 그가 한꺼번에 두 가지 공격을 할 줄은 예상하지 못했다.

슷…….

화운룡이 왼손을 슬쩍 비틀자 이 장 밖에 있는 존북사왕의 오른쪽 어깨가 수수깡처럼 부러졌다.

우두둑…….

"흐윽……!"

이때까지만 해도 존북사왕은 자신이 화운룡의 공격이 아닌 배후에 있는 또 다른 조력자의 급습에 당하는 것이라고 착각을 했다.

화운룡은 이 장이나 떨어진 곳에 서 있기 때문에 그렇게 생각하는 것이 당연했다.

그런데 그는 화운룡이 왼손을 앞으로 뻗어 허공을 움켜잡은 상태에서 끌어당기는 동작을 취하는 것을 발견했다.

구우우…….

그는 자신의 몸이 보이지 않는 밧줄에 묶인 듯이 화운룡을 향해 빠르게 끌려가자 그제야 화운룡이 무형지기라는 초상승 수법을 발휘하고 있음을 깨달았다.

사실 지금 화운룡이 전개하고 있는 수법은 무극사신 중에 하나인 조화천룡수(造化天龍手)라는 절학이다.

조화천룡수는 무형지기를 발출하여 허공을 격하고 전개하는 초절신공으로 금나수법(擒拿手法)인데, 십절무황 시절의 화운룡은 삼십 장 밖의 허리 굵기 강철 기둥을 단번에 끊을 정도의 위력을 발휘했다.

현재의 그는 백칠십 년 공력이 있으므로 무극사신공을 전부 펼칠 수가 있었다.

십절무황 시절의 위력에 비하면 어림도 없지만 존북사왕을 요리하는 것쯤은 문제가 없다.

'으으… 이놈!'

존북사왕은 방심하다가 허를 찔렸다는 분노로 눈이 붉게 충혈되어 이를 부드득 갈았다.

그는 왼쪽 어깨 바깥쪽 절반이 달걀 한 개가 통과할 만큼 구멍이 뚫려 뜯겨 나갔으며, 오른쪽 어깨는 방금 전에 뼈가 부러진 상태다.

그렇지만 대저 그가 누군가. 천외신계 천신족 신조삼위 중에 존신족(尊神族)의 일원이다. 그 말은 그가 이처럼 허망하게 당할 하류가 아니라는 뜻이다.

존북사왕은 공력을 밑바닥까지 깡그리 끌어 올렸다.

양쪽 어깨가 못 쓰게 됐다고 해서 공력까지 못쓰는 것은 아니다. 그의 백팔십 년 공력은 고스란히 남아 있는 상태였다.

화운룡이 일 장 거리까지 가까워졌을 때 존북사왕은 최후의 영멸겁을 발출할 준비를 끝냈다.

존북사왕쯤 되는 고수라면 굳이 손바닥 장심이 아니더라도 온몸 어느 부위를 통해서라도 공력을 뿜어낼 능력이 있다. 그렇기에 초절고수라고 하는 것이다.

'십절무황, 이놈! 너를 죽여도 여황 폐하께서 나를 꾸짖지는 않으실 것이다.'

존북사왕은 최대의 효과를 보기 위해서 거리가 더 가까워지기를 기다렸다.

어차피 십절무황은 두 팔이 불구가 된 그가 공격할 것이라고는 예상하지 않을 테니까 말이다.

이윽고 반 장 거리에 이르렀을 때 존북사왕은 잔뜩 끌어 올린 공력을 가슴을 통해서 뿜어냈다.

"푸핫핫핫! 죽어랏, 이놈!"

존북사왕은 통쾌하게 십절무황을 비웃어주었다.

그런데 그는 밤하늘과 땅, 숲, 그리고 십절무황의 모습까지 한꺼번에 빙글빙글 돌고 있는 느낌이 들었다.

'이게 무슨……'

퉁!

그리고 다음 순간 철퇴 같은 것이 정수리를 호되게 갈긴 충격을 받았다.

'으으… 이게 도대체 무슨 일인가……'

그는 반 장 앞에 서 있는 십절무황을 향해서 전력으로 영멸겁을 발출하는 순간 돌연 천지가 빙글빙글 돌더니 정수리에 호된 충격을 받았지만 어찌 된 영문인지 알 수가 없었다.

그는 정신을 차리려고 눈을 껌뻑거리다가 이상한 광경을 목격했다.

눈에 익은 사람이 이 장 앞에 서 있으며 그 앞에 서 있는 십절무황이 이쪽을 바라보고 있었다.

그런데 십절무황 앞에 서 있는 사람은 어깨 위에 머리가 없는 모습을 하고 있다.

껌뻑거리던 존북사왕의 눈이 멈춰졌다.

존북사왕은 머리가 없이 우두커니 서 있는 사람이 누군지 끝내 알아내지 못하고 저세상으로 서둘러 떠났다.

화운룡은 저만치 떨어져 있는 존북사왕의 머리를 물끄러미 응시하다가 앞에 서 있는 그의 몸뚱이 품속을 뒤져보았다. 혹시 그의 소지품에서 천외신계에 대한 정보를 얻을 수 있지 않을까 해서다.

조금 전 존북사왕이 영멸겁을 뿜어내기 직전에 화운룡은

그것을 미리 감지하고 무황검으로 그의 목을 잘라 버렸다.

존북사왕이 천지가 빙글빙글 돈다고 느낀 것은 목에서 분리되어 높이 솟구쳐 오른 그의 머리가 허공에서 빙글빙글 회전을 했기 때문이다.

그리고 뒤이어서 정수리에 철퇴를 맞은 것 같은 충격은 정수리 부위부터 땅에 떨어졌던 것이다.

화운룡은 존북사왕의 품속에서 쓸모가 있을 것 같은 몇 가지 물건을 꺼내 갈무리하고는 미련 없이 모산파를 향해 걸음을 옮겼다.

걸어가면서 그는 생각난 듯이 보진을 불렀다.

"진아."

"네, 주군."

"오줌 안 마려우냐?"

"……."

화운룡은 너스레를 떨었다.

"급한 일도 끝났으니까 이제는 마음 놓고 오줌… 윽!"

그는 말하다가 짧은 비명을 질렀다.

보진이 옆구리를 꼬집었기 때문이다.

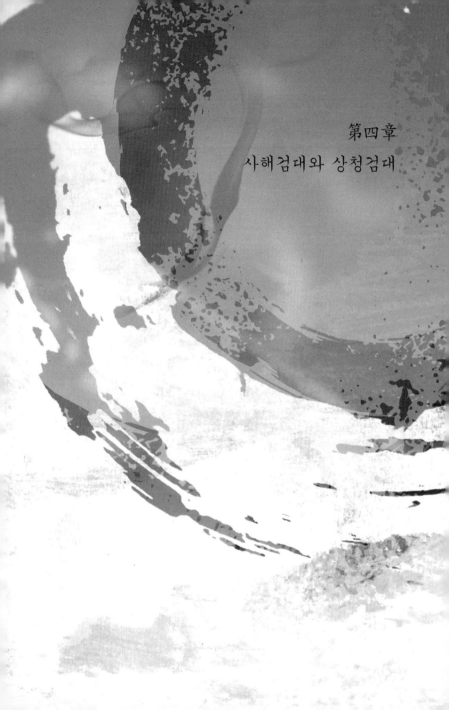

第四章

사해검대와 상청검대

모산파는 평정됐다.

요즘 한창 연애를 하고 있는 조연무와 벽상이 장하문의 지시를 받고 모산파 장문인 삼현도인 행세를 하고 있던 사녹북검과 싸워서 제압했다.

장하문은 혹시 몰라서 조연무와 벽상 둘이서 사녹북검을 상대하라고 지시했는데 싸우다 보니까 조연무 혼자서도 충분할 것 같아서 혼자 싸우다가 결국 사녹북검의 팔 하나를 자르고 제압해 버렸다.

조연무와 벽상을 비롯한 용신들의 무위는 그들이 상상하는 것보다도 훨씬 고강했다.

장하문이 사전에 세운 작전은 한 치의 오차도 없이 치밀하게 실행됐다.

제일 먼저 뇌옥에 갇혀 있던 모산파 제자 이백칠십여 명을 풀어주었으며, 십삼룡신은 그들과 함께 녹성고수 백오십 명과 그들에게 협력하고 있던 모산파 제자 삼십여 명을 한 명도 남기지 않고 깡그리 주살했다.

그 과정에서 십삼룡신 중에 몇 명이 슬쩍 베이는 정도의 심하지 않은 부상을 입었다.

그리고 모산파 제자 삼십여 명이 죽고 이십여 명이 부상을 당하는 정도의 피해를 입었다.

장하문은 모산파 장문인 거처에서 모산파의 몇몇 중심적인 도사들과 사후 처리를 하고 있는 중이다.

모산파를 정리하는 데에는 군이 화운룡이 직접 나설 필요 없이 장하문과 주룡신 죽장몽개만으로 충분했다.

모산파 장문인과 세 명의 장로들은 이 년 전 자신들에게 무조건 복종하라는 사녹북검의 제의를 정면으로 거절하고 맞서 싸우다가 장렬하게 죽었다.

현재 모산파의 살아남은 제자들 중에서 배분이 가장 높은 사람은 장문인의 적전제자들이다.

현재 모산파에는 십오륙 세에서 삼십 대 중반까지의 청년 도사들만 남아 있는 형편이었다.

천외신계가 고집이 쇠심줄처럼 세고 말을 듣지 않는 중년 이상 나이 든 도사들을 죄다 죽였기 때문이다.

실내에는 죽은 장문인과 세 장로의 제자들 열두 명이 한쪽에 모여 의연한 모습으로 서 있고 그 앞에 장하문과 주룡신 몽개가 마주 보고 서 있었다.

모산파 제자들은 오랫동안 뇌옥에 갇혀 있다가 풀려나서 용신들과 함께 원수들을 깡그리 소탕했기에 더할 나위 없이 통쾌한 심정이었다.

방금 전까지 장하문은 천외신계에 대해서, 그리고 그들이 강소성 남쪽 지방을 어떤 식으로 장악했는지, 또 그들이 장차 어떻게 무림을 장악하려고 하는지에 대해 자세하게 설명을 해 주었다.

사실 모산파 제자들은 자신들이 누구에게 문파를 뺏겼는지 조차도 이제껏 전혀 모르고 있었다.

어느 날 불시에 들이닥친 괴고수들에게 제자 이백여 명과 장문인, 장로들이 한꺼번에 떼죽음을 당한 후 살아남은 제자들은 근 이 년여 동안이나 뇌옥에 갇혀 있었으니 아무것도 모르는 게 당연했다.

천외신계에 대한 모든 설명을 듣고 난 모산파 일대제자 열두 명은 큰 충격에 휩싸였지만 언제까지나 넋을 놓고 있을 수는 없다는 사실을 깨달았다.

죽은 장문인의 세 제자 중에서 맏이인 대제자 원명(元明)이 장하문과 주룡신에게 정중히 포권을 하며 물었다.

"그런데 우리를 구해준 도우들은 누구십니까?"

장하문이 대답했다.

"나는 태주 비룡은월문의 군사인 장하문이오."

대제자 원명을 비롯한 열두 명의 제자는 비룡은월문이라는 문파명을 처음 들어봤다.

태주현에 있는 방파와 문파들은 모르는 곳이 없는 터라서 의아한 표정을 지었다.

"미안하지만 그런 문파명은 들어본 적이 없습니다."

장하문은 그럴 줄 알았다는 표정으로 미소를 지었다.

"태주현의 해남비룡문에 형산은월문과 진검문이 합병을 하고 그 밖의 여러 방파와 문파의 사람들이 가세하여 재개파한 문파외다."

태주현은 모산파의 관내에 있으므로 이들은 해남비룡문이나 형산은월문, 진검문을 잘 알고 있었다.

하지만 태주현 인근에서 일이 위를 다투는 형산은월문과 진검문이 유명무실 이름뿐인 삼류문파 해남비룡문에 합병됐다는 사실에 다들 적잖이 놀랐다.

장문인의 둘째 제자 원탁(元卓)이 눈을 빛내며 물었다.

"천외신계 때문에 합병한 것입니까?"

"그렇소. 천외신계가 해남비룡문의 해룡상단을 강탈하려 들고 여러 방파와 문파들을 괴롭히는 상황이었기에 다들 자구책으로 결속한 것이오."

모산파 제자들이 생각하기에 해남비룡문이 형산은월문과 진검문을 비롯한 태주현의 여러 방파와 문파의 무사들을 흡수했다는 것은 작은 우물이 호수와 강을 삼킨 것이나 다름이 없는 일이라서 몹시 신기하게 여겼다.

대제자 원명이 호기심 어린 표정을 지었다.

"그렇다면 필시 해남비룡문의 문주께서 훌륭한 영웅인 것 같습니다."

장하문과 주룡신이 빙그레 웃었다.

"바로 맞추었소."

"하하하! 이 시대 최고의 영웅이지!"

원명이 조심스럽게 말했다.

"그분은 지금 어디에 계십니까? 빈도들이 그분을 뵐 수 있겠습니까?"

"주군께선 귀 파의 부상자들을 치료하고 계시오."

"아……."

"이번 싸움으로 안타깝게 죽은 사람들은 어쩔 수 없지만 부상당한 모산파 제자들은 주군의 치료를 받고 나면 다들 괜찮아질 것이오."

몽개가 조금 거들먹거리면서 말했다.

"아까 군사께서 설명하셨듯이 모산파를 공격한 자들이 천외신계 최하 계급인 녹성족이었네."

몽개는 개방 장로의 신분이었으니까 새파랗게 젊은 모산파 제자들에게는 거침없이 하대를 했다.

"그리고 자네들 장문인과 장로들을 죽인 녹성족 우두머리가 사녹북검이라는 자였지."

"그렇습니다."

모산파 제자들은 고개를 끄떡였다.

"자네들 천외신계 신조삼위가 어떤 자들인지 기억하나?"

제자들 중 한 명이 기억을 더듬으며 말했다.

"천외신계 최하급 녹성족과 최상급 금성족까지 일곱 계급을 색성칠위 천외족이라 하고, 그 위 천신족의 세 등급 초, 절, 존을 신조삼위라고 설명하셨습니다."

"오! 자네, 똑똑하군. 이름이 무엇인가?"

몽개에게 지적당한 제자는 부끄러운 표정으로 얼굴을 붉혔다.

"원화(元華)입니다."

이십이삼 세 정도로 보이는 그는 장문인의 세 제자 중 막내인 원화였다.

"그런데 바로 그 신조삼위 중에 한 명인 존신족의 존북사왕이라는 자가 때마침 이곳 모산파에 머물고 있었다는 사실을 알고 있나?"

"그랬습니까?"

모산파 제자들은 크게 놀라서 눈을 휘둥그렇게 떴다.

"녹성족보다 여덟 계급이나 높은 자라면 도대체 얼마나 고강할 것인지 상상해 보게."

"상상이 되지 않습니다."

모산파 제자들은 몽개의 얘기에 푹 빠졌다.

문득 몽개의 어깨에 힘이 빵빵하게 들어가고 목소리가 아주 거만해졌다.

"그자를 우리 주군께서 죽이셨다 이 말씀이야."

"……."

사녹북검보다 일곱 계급이나 높은 존북사왕이 도대체 얼마나 고강할지 상상하고 있던 모산파 제자들은 '헉!' 하는 헛바람 소리를 내며 소스라치게 놀랐다.

몽개의 거드름은 극을 달렸다.

"우핫핫핫! 존북사왕이 아니라 천녀황이라고 해도 우리 주군께서는 거지발싸개 같은 존재라는 말이야!"

모산파 장문인과 장로들이 사녹북검과 그의 측근인 양녹성 고수들에게 죽었는데 신조삼위 존신족이라면 대저 얼마나 고강하겠는가.

　그런데 존신족의 존북사왕이라는 초절고수를 비룡은월문 문주가 죽였다니 입에 거품을 물고 자빠질 일이다.

　"흠! 그리고 나서 주군께서 자네들 모산파의 부상자들을 치료하고 계시니 활불(活佛)이시지, 활불. 이 정도인데 대저 그분이 어떤 분이신지 더 무슨 설명이 필요하다는 말인가?"

　장하문은 몽개의 거들먹거림에 웃음이 났다. 하지만 그에게 화운룡에 대해서 설명하라고 해도 몽개보다 더했지 더했지 못하지는 않았을 것이다.

　그 정도로 화운룡은 장하문이나 몽개, 아니, 모두에게 더없이 자랑스러운 주군인 것이다.

　"이제 당신들이 해야 일이 있소."

　장하문이 주의를 환기시키듯 말을 꺼냈다.

　"이제부터 모산파가 어떻게 해야 할지 향방을 결정해야 하는 것이오."

　영특한 둘째 제자 원탁이 눈을 빛내며 물었다.

　"본 파더러 비룡은월문에 흡수되라는 것입니까?"

　모산파 제자들은 거기까지는 생각하지 못했으나 원탁의 말을 듣고 보니까 과연 그의 말에 일리가 있는 것 같았다.

비룡은월문이 모산파를 구해준 이유가 그것 때문이라고 생각한 것이다.

장하문은 손을 저었다.

"본 문은 강제 합병 같은 것은 하지 않소. 다만 힘을 모아서 천외신계에 대적하려는 것뿐이오."

그는 목소리를 낮추었다.

"사해검문도 본 문과 뜻을 함께하기로 했소."

"아……."

"그게 정말입니까?"

장하문은 밖을 향해 나직하게 말했다.

"금룡신과 검룡신은 들어와라."

모산파 제자들은 금룡신과 검룡신이 누군지 궁금하여 입구를 쳐다보았다.

잠시 후 문이 열리고 당검비와 당한지가 안으로 들어와서 장하문에게 공손히 예를 취했다.

사해검문은 강소성 남쪽 지방의 패자이며 모산파는 정신적인 지주 같은 존재라서 예로부터 두 문파는 교류가 잦았으며 또한 우정이 깊었다.

그랬기에 모산파 제자들은 들어서는 당검비와 당한지를 한눈에 알아보고 크게 놀라며 매우 반가워했다.

"당가 도우들 아니시오?"

"무량수불… 빈도들을 알아보시겠소?"

더없이 헌앙한 당검비와 남경제일미 그 이상의 미모를 뽐내는 당한지는 나란히 서서 화사한 미소를 지었다.

"소제들이 모산파 도장(道長) 형님들을 어찌 알아보지 못하겠습니까?"

어렸을 때부터 당검비와 당한지는 모산파 일대제자들을 '도장 형님'이라고 부르며 친했다.

잠시 동안 오랜만의 해후를 나누고 나서 당검비와 당한지는 모산파 제자들에게 자랑스럽게 말해주었다.

"도장 형님들, 우린 비룡은월문 문주이신 주군의 수하가 됐습니다."

더 이상 말이 필요하지 않았다.

*   *   *

화운룡을 비롯한 십오룡신은 비룡은월문으로 개선장군처럼 귀환했다.

십오룡신 겨우 열다섯 명만으로 사해검문의 천외신계 고수들을 모조리 죽이고, 그것으로도 부족해서 강소성 남쪽 지방의 정신적 지주인 모산파마저 천외신계로부터 구했다는 사실이 알려지자 비룡은월문에 적을 두고 있는 전체 문하제자들과 식솔들은 기쁨의 환호성을 터뜨렸다.

비룡은월문 전체 식구들이 쏟아져 나와 십오룡신을 대대적으로 환영하며 함성을 터뜨렸다.

영웅들의 귀환이다.

화운룡을 비롯한 십오룡신은 태상문주 자리로 물러앉은 아버지 화명승과 할아버지 화성덕에게 인사드리고 자신들이 올린 전과를 보고했다.

이어서 화운룡은 자신이 데리고 온 사람들을 소개했다.

"할아버지, 아버지, 사해검문의 당평원 문주입니다."

넓은 대전 단상 위에는 화명승과 화성덕이 나란히 앉아·있으며, 대전의 양쪽에는 비룡은월문 간부들과 각 검대의 대주, 부대주들이 늘어서 있다.

'당평원'이라는 말에 화명승과 화성덕은 긴장했다.

대전 한복판 단상 아래에 서 있는 화운룡 뒤쪽에는 십사룡신과 수십 명이 질서 있게 서 있으며, 그들 중에서 당평원이 천천히 앞으로 나와 화운룡 옆에 섰다.

화명승과 화성덕, 그리고 간부들과 대주, 부대주들은 십오룡신이 사해검문을 구해주었기에 당평원이 인사를 드리려고 같이 왔을 것이라고 짐작했다.

당평원은 단상의 화명승과 화성덕을 향해 정중하게 허리를 굽히며 포권했다.

"사해검문의 당평원이 두 분 태상문주께 인사 올립니다."

화명승과 화성덕은 크게 당황해서 어쩔 줄 몰랐다.

남경을 중심으로 삼백여 리 일대를 지배하는 강소성 남쪽 지방의 절대자인 당평원이 극진한 예를 갖추어서 인사를 하는데 어찌 당황하지 않을 수 있겠는가.

예전 같으면 태주현의 삼류문과 해남비룡문의 문주인 화명승이나 화성덕은 절대자 당평원을 똑바로 쳐다보지도 못했다.

일전에 당평원이 사해검수들을 몰고 와서 비룡은월문을 공격했다가 오히려 중상을 입은 상태에서 수하들과 함께 화운룡에게 치료를 받고 돌아간 사실을 화명승과 화성덕은 자세히 알지 못하고 있었다.

화명승과 화성덕이 당평원에게 마주 허리를 굽히려고 일어서려는데 화운룡의 전음이 들렸다.

[그냥 앉아 계세요.]

두 사람이 쳐다보자 화운룡은 엷은 미소를 지으며 보일 듯 말 듯 고개를 끄떡였다.

당평원은 여전히 허리를 굽힌 자세에서 더없이 공손한 목소리로 말했다.

"당 모는 화운룡 문주의 수하가 되기 위하여 찾아왔으니 부디 두 분께서 허락해 주시기 바랍니다."

화명승과 화성덕은 물론이고 비룡은월문 사람들은 너무 놀라서 아무 말도 하지 못하고 당평원을 쳐다보았다.

좌중에 갑자기 질식할 것 같은 고요한 침묵이 흘렀다. 다들 지금 이 상황을 어떻게 이해해야 하는 것인지 놀라면서도 복잡한 표정들이다.

화운룡 뒤에 서 있는 십사룡신은 흐뭇한 미소를 지으며 지켜보았다. 이 모든 것이 화운룡과 자신들이 이룬 업적의 결과이기 때문이다.

화명승 귀에 화운룡의 전음이 들렸다.

[아버지, 허락한다고 말씀하세요.]

화명승이 흠칫하며 쳐다보자 화운룡이 미소 지으며 덧붙였다.

[점잖게 하세요.]

화명승은 옆에 앉아서 당황하고 있는 부친 화성덕의 손을 슬며시 잡았다.

"아버지께서 말씀하십시오."

화명승은 이런 멋진 기회를 아버지에게 양보하려는 것이다.

그런데 화성덕이 힐끗 화명승을 쳐다보면서 어이없는 표정을 지었다.

그의 표정은 '너 미쳤느냐? 날더러 무슨 말을 하라는 것이냐?'고 꾸짖고 있었다.

"본 문의 존장이신 아버지께서 허락을 하셔야죠."

"어찌 내가……."

화명승은 잡고 있는 화성덕의 손에 힘을 주었다.

"당 문주를 언제까지 저렇게 두실 겁니까?"

두 사람의 목소리는 모두에게 다 들렸다.

화성덕은 여전히 허리를 굽히고 있는 당평원을 보더니 곧 나직하게 헛기침을 했다.

"어허! 험! 허리를 펴시오."

당평원이 허리를 펴자 화성덕은 고개를 갸웃거렸다.

"그런데… 좀 전에 뭐라고 말했소?"

화성덕은 너무 긴장한 탓에 본론을 까먹었다.

당평원은 다시 한번 공손하게 말했다.

"제가 화운룡 문주의 수하가 되려고 하오니 태상문주께서 부디 허락해 주십시오."

화성덕은 고개를 끄떡였다.

"허락하겠소."

"감사합니다."

이번에는 모산파 장문인의 세 제자 원명, 원탁, 원화가 나란히 앞으로 나섰다.

화명승과 화성덕이 도사 복장의 세 사람을 보고 의아한 표정을 짓는데 원명이 공손히 한 손을 세워 도호를 외웠다.

"무량수불… 빈도들은 모산파의 원명과 원탁, 원화라고 합니다. 삼가 두 분 태상문주께 문안드립니다."

'모산파!'

놀라운 일은 사해검문 문주 당평원만이 아니었다. 그에 이어서 모산파의 도사들까지 문안을 올리자 화명승과 화성덕은 기절초풍할 정도로 놀랐다.

원명의 목소리가 대전을 울렸다.

"본 파는 비룡은월문 화운룡 문주의 도움으로 절망의 구렁텅이에서 건져져 기사회생했음을 본 파 선대들의 이름으로 감사드립니다."

화명승과 화성덕은 물론이고 비룡은월문 간부들은 너무 기쁘고 감격해서 가슴이 먹먹해졌다.

이 지역의 정신적인 지주인 모산파를 비교하자면 하남성 숭산의 소림사와 같은 존재라고 할 수 있다.

사해검문이 힘으로 이 지역을 지배하고 있었다면 모산파는 정신과 믿음으로 많은 사람을 이끌었다.

그런 모산파가 비룡은월문 두 명의 태상문주 앞에 머리를 조아리고 선대의 이름으로 감사하고 있는 것이다.

원명의 웅혼한 목소리가 다시 대전을 울렸다.

"본 파는 화운룡 문주의 휘하에 들어서 본 파의 중흥을 꾀하는 한편 외세의 침략에 맞서고자 하니 두 분께선 허락해 주시기 바랍니다."

화명승과 화성덕은 가슴이 터질 것만 같아서 아무 말도 하지 못했다.

두 사람의 평소 소원은 해남비룡문이 그저 태주현에서만이라도 제대로 번듯하게 자리를 잡는 것이었다.

그런데 그 소원은 이미 오래전에 이루어졌으며 이제는 강소성 남쪽 지방의 제일문파로 발돋움을 하고 있으니 이게 꿈인지 생시인지 실감이 나지 않았다.

화명승과 화성덕 둘 다 넋 나간 얼굴로 원명 등 세 명의 도사를 바라보았다.

모산파가 화운룡을 비롯한 십오룡신의 도움에 감사를 표하려고 온 줄 알았지 설마 휘하에 들겠다고 찾아왔을 줄은 상상도 하지 못했다.

원명은 화명승과 화성덕이 아무런 말이 없자 더욱 간곡한 표정으로 허리를 굽혔다.

"이렇게 간청합니다. 부디 빈도들을 받아주십시오."

문득 화성덕이 궁금한 얼굴로 물었다.

"노부는 모산파 도인들께서 본 문의 휘하에 들겠다고 하는 이유를 모르겠소. 어찌 도가에 계신 분들이 속가의 문파 휘하에 들려고 한다는 말이오?"

원명이 허리를 펴고 공손히 설명했다.

"본 파는 천외신계로 인해 절체절명의 위기에 처해 있었습니다. 이 년 전 천외신계의 공격에 장문인이신 사부님과 세 분의 장로들께서 돌아가셨으며 이백여 명의 제자가 무참하게 죽었습니다."

원명의 비분에 가득 찬 목소리가 대전을 울렸다.

모두들 화운룡을 비롯한 십오룡신이 모산파를 구했다고만 들었을 뿐이지 자세한 내용을 모르고 있었다.

그런데 원명의 말을 듣고는 경악을 금하지 못했다.

"겨우 목숨을 건진 빈도를 비롯한 이백칠십여 명의 제자는 뇌옥에 갇혔으며, 천외신계 고수들과 삼십여 명의 반도가 지난 이 년 동안 모산파를 제멋대로 운영하면서 천외신계 거점 역할을 해왔었습니다."

원명은 굵은 눈물을 뚝뚝 흘렸다.

"빈도들은 바깥세상에서 무슨 일이 일어나고 있는지도 전혀 모른 채 뇌옥에서 피눈물을 삼키면서 살아도 죽은 것이나 다름이 없는 나날을 보냈습니다."

뇌옥에서의 짐승 같았던 생활을 떠올리고 원탁과 원화도 비통한 눈물을 흘렸다.

원명은 울면서 공손히 화운룡을 가리켰다.

"만약 화운룡 도우께서 빈도들을 구해주지 않았더라면 모산파는 천외신계 악마들의 소굴이 되어 천하무림을 짓밟는

앞잡이 노릇을 했을 것입니다. 화운룡 도우 덕분에 본 파는 간신히 기사회생했습니다. 앞으로 또다시 천외신계에 굴욕을 당하지 않으려면… 또한 화운룡 도우를 도와서 악마들을 물리치려면 힘을 길러야 합니다."

나란히 선 원명과 원탁, 원화가 일제히 허리를 굽혔다.

"그러니 부디 빈도들이 화운룡 도우의 휘하에 들도록 허락해 주십시오. 간곡히 애원합니다."

화성덕은 그저 궁금해서 물었을 뿐인데 모산파 도사들이 이처럼 절절할 줄은 몰랐다.

화성덕은 크게 고개를 끄떡이고 나서 진심 어린 표정으로 위로하듯 말했다.

"그런 줄을 미처 몰랐소. 정말 미안하오. 노부의 허락이 필요하다면 무조건 허락하오."

비룡은월문의 태상문주인 화성덕과 화명승의 허락이 있어야지만 화운룡의 휘하에 들 수 있다고 생각한 원명과 원탁, 원화는 이번에는 감사의 눈물을 흘리면서 기뻐했다.

비룡은월문은 처음에 건축을 할 때 연회를 전용으로 여는 전각을 따로 여러 채 지었다.

하남성 낙양에 있는 무황성은 전각의 수만 천오백여 채에 이를 정도이며, 무황성과 똑같은 방식에 십분지 일로 축소해서 건축한 비룡은월문은 전각만 백오십여 채이며 부속 건물과 창고까지 합하면 삼백여 채에 이른다.

화운룡을 비롯한 십오룡신이 기거하는 곳은 용황락이며 이곳에도 연회를 전용으로 여는 전각 건곤정(乾坤庭)이 있는데, 인공 호숫가에 지어진 규모가 매우 큰 이 층 전각이다.

호수가 내려다보이는 건곤정 이 층에는 수십 명의 사람이 모여서 술을 마시고 있었다.

이 층의 넓은 대전은 높낮이가 없이 전체가 평평하며 가운데가 뚫린 원형의 커다란 탁자가 있으며, 그곳에 삼십오륙 명이 둘러앉아 있었다.

호수를 등진 창 앞에는 화운룡과 좌우에 옥봉, 사유란이 앉았으며 그들의 양쪽에는 십사룡신이 학이 날개를 활짝 편 듯한 모습으로 늠연하게 앉았다.

그리고 오른쪽에는 비룡은월문의 주축 오검대의 대주와 부대주 열 명이 예전하고는 완전히 달라진 위풍당당한 모습으로 앉아 있었다.

십사룡신 왼쪽에는 당평원을 위시한 최측근 뇌검당주 반소창과 부당주 능한웅, 모산파의 원명, 원탁, 원화 청년 도사들이 앉아 있었다.

또한 비룡은월문 검술 사범인 화운룡의 큰누나 화문영과 그의 남편이며 총관인 반도정, 비룡은월문 재정 담당 부서인

장방의 방수(房首)인 둘째 누나 화예상과 그녀의 남편이며 검술 사범인 차도익이 나란히 앉았다.

이들 네 사람은 화운룡의 누나이며 매형들이지만 화운룡에게 절대 함부로 대하지 못했다.

화운룡이 너무 바쁜 나머지 자주 만날 기회도 없지만 어쩌다가 가족들끼리 식사라도 할 때 만나게 되면 남동생이나 손아래 처남으로 대하는 것은 언감생심 꿈도 꾸지 못하고 괜히 자신들도 모르게 자세를 바로 하고 존칭을 사용했다.

그 정도로 화운룡은 거대한 인물이 되어가고 있었다.

그리고 누나와 매형들은 화운룡이 이 정도에서 멈추지 않고 앞으로 더욱 거대해질 것이라고 믿었다.

모두의 앞에는 군침이 절로 도는 미주가효가 가득 차려져 있으며, 십여 명의 하녀가 부지런히 오가면서 요리와 술을 나르고 있었다.

당평원은 최측근 삼십 명을 이끌고 비룡은월문에 왔다. 그는 최측근들과 함께 당분간 비룡은월문에 머물면서 화운룡에게 많은 것을 배울 예정이며 그중에 가장 우선적이고 중요한 것이 무공이다.

모산파의 사형제 세 명도 오십 명의 청년 도사를 이끌고 왔으며 당평원과 같은 목적을 갖고 있었다.

옥봉과 사유란은 오랜만에 보는 화운룡 좌우에 앉아서 그의 얼굴에서 눈을 떼지 못하고 있었다.

화운룡도 옥봉하고만 얘기하느라 다른 사람들은 쳐다보지도 않았다.

옥봉은 눈빛으로 화운룡의 얼굴을 쓰다듬듯이 따스하게 바라보며 속삭였다.

"용공의 건강하신 모습을 보니까 마음이 놓여요."

"나는 봉애 걱정만 했어."

서로를 쳐다보는 두 사람 눈에서는 꿀이 뚝뚝 떨어졌다.

옥봉은 행복한 미소를 지으며 화운룡 잔에 술을 따랐다.

"다친 곳은 없으신가요?"

화운룡은 짐짓 심각한 표정을 지었다.

"심하게 다친 곳이 한 군데 있긴 한데……."

옥봉은 깜짝 놀랐다.

"어딜 얼마나 다치신 거예요?"

그녀가 깜짝 놀라서 목소리를 높이자 좌중의 사람들이 일제히 쳐다봤지만 정작 당사자인 두 사람은 알지 못했다.

화운룡은 더욱 심각한 표정으로 말했다.

"봉애가 너무 보고 싶어서 마음을 다쳤어."

옥봉이 쳐다보자 화운룡은 자신의 심장을 손가락으로 찔렀다.

"여기야. 칼에 찔린 것 같아."

옥봉은 어이없는 표정을 지었다.

화운룡은 병긋 웃었다.

"그 정도로 봉애가 보고 싶었다는 거야."

옥봉은 화운룡의 가슴을 쓰다듬었다.

"그렇다면 소녀는 난도질을 당했어요."

"봉애."

옥봉이 보고 싶은 화운룡이 심장에 칼이 찔린 것 같았다면 옥봉은 같은 이유 때문에 온몸이 난도질을 당했다는 뜻이라는 것을 화운룡이 모를 리가 없다.

그때 사유란의 풀 죽은 목소리가 들렸다.

"용청, 나는 언제 알은체해 줄 거지?"

옥봉을 보느라 사유란에게 등을 돌리고 있던 화운룡은 그녀를 돌아보며 빙그레 미소 지었다.

"어머님."

사유란은 입술을 삐죽거렸다.

"나는 온몸이 도막 났어. 알아?"

화운룡이 보고 싶어서 옥봉이 온몸이 난도질당했다니까 사유란은 온몸이 도막 났다고 한 술 더 떴다.

화운룡은 미소 지으며 사유란에게 술 한 잔을 올렸다.

"사죄하는 뜻으로 한 잔 올리겠습니다."

화를 내거나 토라진 적이 한 번도 없는 사유란을 어떻게 해야지만 달랠 수 있는지 화운룡은 잘 알고 있었다.

화운룡하고 간혹 어울리면서 술을 배우고, 또 잘 마시게
된 사유란은 얼른 두 손으로 술잔을 받았다.

"꾹꾹 눌러 담았겠지?"

"그럼요."

"진짜?"

"물론이죠."

"헤헤… 용청도 마셔."

당평원 일행과 원명 일행은 화운룡이 옥봉, 사유란과 깨가
쏟아지도록 화기애애한 모습을 보면서 시선을 떼지 못했다.

그들은 사유란과 옥봉을 처음 보는 데다 그녀들이 화운룡
과 정도 이상으로 친밀하게 행동하는 것을 보고 사유란이 화
운룡의 누나고 옥봉이 여동생일지도 모른다고 오해했다.

사유란은 삼십오 세지만 지나칠 정도로 어린 외모 덕분에
화운룡보다 서너 살 많아 보였다.

당평원은 옥봉과 사유란을 처음 보는 데다 당한지와 당검
비에게 그녀들에 대해서 아무 말도 들은 적이 없었다.

당한지와 당검비는 그의 자식들이지만 비룡은월문, 특히 화
운룡에 대해서는 아버지인 그에게도 철저히 비밀을 지켰다.
화운룡이나 장하문이 그러라고 시킨 것도 아닌데 말이다.

그건 그렇다 치고 실내에 있는 모든 사람은 이 자리에 앉은 이후 줄곧 옥봉과 사유란에게서 시선을 떼지 못하고 있다.

이유는 간단하다. 옥봉과 사유란이 인간 세상의 사람이라고는 여겨지지 않을 정도로 아름답기 때문이다.

옥봉과 사유란은 운룡재에서만 생활을 하고 가끔 용황락 내를 오가거나 호숫가를 산책하기 때문에 비룡은월문 사람이라고 해도 그녀들을 실제로 본 사람은 극히 드물다.

모두들 오늘 이 자리가 어떤 자리인지 잘 알고 있지만 자꾸만 옥봉과 사유란에게 시선이 가고 한 번 쳐다보면 눈을 뗄 수 없는 희한한 경험을 하고 있는 중이다.

특히 옥봉의 아리따운 자태는 한 송이 백합 같고 천상의 선녀 같아서 보는 이들은 내심 찬탄을 금하지 못했다.

"당 문주"

그때 화운룡이 부르자 옥봉을 하염없이 응시하고 있던 당평원은 깜짝 놀라서 벌떡 일어섰다.

"네… 넷!"

"당 문주에 대해서 의논해 봅시다."

당평원은 나쁜 짓을 하다가 들킨 것처럼 얼굴이 화끈거렸다. 그는 서둘러 정신을 수습했다.

"이름을 부르십시오."

그는 고개를 숙이며 정중하게 말했다.

"문주의 수하가 된 이 마당에 계속 저를 문주라고 호칭하시는 것은 저를 수하로 인정하지 않으신다는 뜻입니다. 다른 수하들처럼 대해주십시오."

화운룡이 당평원을 '문주'라고 호칭한 것은 입에 뱄기 때문이지 그가 어렵다거나 그의 말처럼 수하로 인정하지 않아서가 아니다.

화운룡은 고개를 끄떡이고는 장하문에게 물었다.

"하룡, 그를 어떻게 할까?"

수하처럼 대해달라는 당평원의 주문에 화운룡이 동문서답을 하자 당평원은 의아한 표정을 지었다.

당평원과 원명 등에 대해서 이미 계획이 다 서 있는 장하문은 일어나서 공손히 대답했다.

"당평원과 휘하의 검수 삼십이 명으로 사해검대(四海劍隊)를 발족하는 것이 좋겠습니다."

"흠, 그렇게 하게."

"또한 원명을 비롯한 오십오 명으로는 상청검대(上淸劍隊)를 구성할 생각입니다."

당평원과 그의 측근들, 그리고 원명 사형제들은 기대 어린 표정으로 화운룡을 바라보았다.

당평원 등은 '사해검'이라는 이름을 그대로 쓰고, 원명 등은 모산파의 옛 이름인 상청파(上淸派)의 '상청'을 사용하게 되는 것이니까 기쁠 수밖에 없다.

장하문의 말이 이어졌다.

"사해검대의 대주는 당평원, 상청검대의 대주는 원명으로 정하며, 각 대(隊)의 직제(職制)에 대해서는 대주가 짜는 것으로 하겠습니다."

"그러게."

장하문은 총관 반도정에게 명했다.

"총관은 사해검대와 상청검대를 인계받게."

반도정이 일어나 공손히 포권했다.

"사해검대와 상청검대는 오검대 중에서 어느 검대의 기준에 맞추면 되는 것입니까?"

"은월검대에 맞추게."

"녹봉도 말입니까?"

"그렇네."

"알겠습니다."

사해검대와 상청검대의 발족과 처우가 일사불란하게 처리되고 있다.

당평원은 의아한 표정으로 물었다.

"방금 말씀하신 내용이 무슨 뜻인지 자세히 설명해 줄 수 있겠습니까?"

그의 정중하고 예의 바른 언행을 보면 강소성 남쪽 지방의 패자인 사해검문 문주라는 명성과 지위 따위를 모조리 내려 놓은 것이 분명하다.

총관 반도정이 당평원에게 설명했다.

"본 문에는 오검대가 있소. 일검대인 비룡검대와 이검대 해룡검대, 삼검대 진검대, 사검대 운검대, 오검대인 은월검대가 그것이오."

반도정은 당평원을 거침없이 수하로 대했다. 꽤 오랫동안 비룡은월문의 총관이라는 높은 지위에 있다 보니까 대인관계가 능숙해진 탓이다.

"사해검대와 상청검대는 신규 검대이기 때문에 오검대인 은월검대에 맞추는 것이오."

"그렇군요."

당평원은 반도정의 상전으로서의 딱 부러지는 말과 행동이 마음에 들었다.

"사해검대와 상청검대에게는 삼 층짜리 전각 한 채씩이 숙소로 주어질 것이오. 숙소 일 층은 연무장과 식당, 휴게실이고 이 층과 삼 층은 숙소인데 일인 일실을 기준으로 하며, 각 실에는 개인 연공실이 갖추어져 있소."

그렇다면 이건 솔직히 사해검문보다 훨씬 낫다. 사해검수들은 사해검문에서 이 인 일실이나 삼 인 일실을 썼고, 연공은 침상이나 바닥에 앉아서 했으며, 검술 연마를 하려면 숙소에

서 먼 연무장까지 걸어가야만 했었다.

당평원은 수하들이 좋은 환경에서 머물게 된 것이 마음에 들었지만 한 가지 께름칙한 것이 있다.

"우리에게 녹봉을 준다는 것으로 알아들었는데 그것만은 거절하겠습니다."

"불가하오."

반도정이 딱 잘랐다.

당평원은 화운룡의 은혜가 하늘 같은 데다 더구나 자신들이 신세를 지러 온 입장에 녹봉까지 받아 챙기는 것은 절대 아니라는 입장이다.

"하지만 녹봉은……."

"본 문의 전 제자는 녹봉을 받고 있소. 어느 누구도 예외는 없소. 녹봉을 받지 않으면 본 문의 제자가 아니오."

반도정은 당평원을 일축하고 제 할 말을 했다.

"사해검대와 상청검대의 평검사, 즉 사해검사와 상청검사의 녹봉은 은자 오십 냥이다. 분대주는 칠십 냥, 부분대주는 백 냥이고 대주는 이백 냥이다."

사해검대에서 사해검수들은 평균 은자 이십 냥을 받았으며 향주급이 삼십 냥, 당주가 오십 냥을 받았다. 그 정도로도 무척이나 후한 녹봉이어서 인근 방파나 문파 사람들에게 부러움을 샀다.

그런데 비룡은월문에서는 평검사 녹봉이 사해검문의 당주 수준인 것이다.

원명과 원탁, 원화는 너무 놀라서 눈을 껌뻑거리며 서로의 얼굴을 쳐다보았다.

자신들은 도사이기 때문에 녹봉을 받을 수 없다고 말하고 싶은데 '녹봉을 받지 않으면 본 문의 제자가 아니다'라는 총관의 말에 원명 등은 입이 얼어붙었다.

第五章
합체공력

　화운룡은 다섯 잔의 술을 하녀를 통해서 비룡검대주 감형언과 해룡검대주 조무철을 비롯한 오검대주에게 보냈다.

　"모두 애썼다."

　감형언과 조무철 등 다섯 명은 술잔을 쥐고 일어나서 공손히 고개를 숙였다.

　"감사합니다."

　이즈음의 오검대는 초창기 오검대하고는 많이 달라졌는데 장족의 발전을 했다는 뜻이다.

　초창기 오검대의 일검대인 비룡검대는 삼십여 명 규모로 전원이 옛 진검문 사람으로만 구성됐다.

비룡검대주가 진검문주였던 감형언이고 그 당시 해남비룡 문에 합병된 진검문 사람들의 무공이 제일 고강했으므로 당연한 일이었다.

이후 합병된 형산은월문 사람들이 이검대인 해룡검대를 이루었으며 오십여 명 정도인데 해룡검대주는 형산은월문 문주 조무철이었다.

비룡검대와 해룡검대의 수준은 비슷하며 비룡은월문의 최강이라고 할 수 있었다.

그렇다고는 해도 당시로서는 비룡검대와 해룡검대를 합친 팔십 명을 사해검수 열 명이 깡그리 작살낼 수 있을 정도로 한심한 수준이었다.

삼검대인 진검대와 사검대 운검대는 실력이 조금 부족해서 비룡검대와 해룡검대에 들어가지 못한 진검문과 형산은월문 사람들이 주축을 이루었다.

그리고 최하위인 오검대 은월검대는 옛 해남비룡문 사람들로서 수준이 가장 밑바닥인 한마디로 오합지졸이었다. 그만큼 예전의 해남비룡문은 형편없었다.

오검대의 전체 검사들은 모두 평등하게 비룡은월문의 성명 검법인 비룡운검과 성명궁술인 회천탄을 기본적으로 배울 수 있었다.

사검대인 운검대는 거기에 도법 초일도를 추가로 하나 더 배울 기회가 주어지며, 삼검대 진검대는 거기에 창법 만우뢰를 배울 수 있는데, 능력에 따라서 모두 다 배워도 되고 그중에서 하나만을 선택할 수도 있다.

이검대인 해룡검대는 진검대가 배우는 무공에 편법 파우린 한 가지를 더 배울 수 있고, 일검대 비룡검대는 비룡육절 모두를 배울 수 있는 특권이 주어졌다.

그렇게 해서 매달 한 차례씩 전 제자의 무공 성취를 평가하여 승급할 수 있는 기회를 주었다.

각 검대에는 세 개의 등급이 있다.

예를 들어 비룡검대에는 무공 실력에 따라서 일검사부터 삼검사까지 있는데, 일검사는 분대주(分隊主)이며 녹봉은 은자 삼백 냥, 이검사는 차대주(次隊主)로 녹봉 은자 이백오십 냥, 삼검사는 일반 비룡검사이며 녹봉 은자 이백 냥이다.

이런 식으로 오등급 은월검대까지 각 검대에 세 개의 엄격한 차등과 녹봉의 차이가 있으므로 기를 쓰고 위의 신분으로 상승하려고 무공 연마에 매진했다.

그때가 넉 달 전이었다.

그 넉 달 사이에 천지개벽이 일어났다.

지금까지 비룡은월문 자체적으로 네 번의 무공 평가가 있었으며 그때마다 대규모 자리 이동이 벌어졌다.

오검대의 하급 검대 검사들이 무공 평가를 통해서 무더기로 상급으로 올라갔다.

그렇게 넉 달이 지난 현재 비룡검대는 오십여 명으로 불어났으며, 해룡검대는 칠십여 명이 되었다.

그런데 특기할 만한 일이 있다. 비룡검대가 일검대라고 하지만 이검대인 해룡검대와 실력 차이가 매우 미미한 수준이라는 사실이다.

또한 현재 비룡검대와 해룡검대의 실력은 놀랍게도 무림의 일류고수를 능가하는 수준이다.

현재 비룡검사와 해룡검사가 사해검수와 일대일로 싸운다면 오히려 반 수 정도 우세할 것이다. 무공, 즉 초식이 월등하게 뛰어나기 때문이다.

삼검대인 진검대에 속한 제자의 수가 가장 많으며 백오십여 명에 달한다.

예전에 사검대 운검대와 오검대 은월검대에 속했던 사람들은 단 한 명도 남김없이 모조리 삼검대인 진검대로 승급하거나 소수는 그 위 검대로 두 단계 이상 승급했다.

그리고 현재 운검대와 은월검대에 속한 사람들은 이후에 새로 비룡은월문에 입문한 사람들이다.

넉 달 전 제자들은 단 한 명의 탈락자도 없이 전원 삼검대인 진검대 이상으로 승급했으므로 이것이 천지개벽이 아니고 무엇이겠는가.

더구나 지난 넉 달 동안 제자리에 머물거나 하급으로 내려앉은 검사가 단 한 명도 없었다는 사실만 보더라도 그들이 얼마나 불철주야 전력을 기울여서 무공 연마를 했는지 짐작할 수가 있었다.

그래서 화운룡이 비룡검대와 해룡검대, 진검대의 대주들에게는 그동안 수고했다는 의미로, 그리고 운검대와 은월검대 대주들에겐 너희들도 배전의 노력을 쏟아 그들처럼 승급하라는 격려의 의미로 술을 내린 것이다.

장하문이 일어나서 좌중을 둘러보며 말했다.

"오검대주는 일어나라."

다섯 명의 대주가 일사불란하게 일어섰다.

장하문은 위엄 있는 표정을 지었다.

"이 시각 이후 외부와의 싸움이 발생하면 비룡검대와 해룡검대가 출전하게 될 것이다."

감형언과 조무철, 그리고 비룡검대와 해룡검대의 부대주들 얼굴에 기쁜 표정이 역력하게 떠올랐다.

그들은 한결같이 내심으로 '드디어!'라고 외쳤다. 그동안의 그들의 노력이 결실을 맺어 마침내 꽃을 피우게 된 것이다.

그동안 문주이며 주군인 화운룡이 측근인 용신들만 이끌고 동분서주 싸우러 나가는 것을 보면서 모두들 부러워하면서도 죄스러운 마음이었다.

한마디로 자신들이 밥값을 못 하는 쓸모없는 멍청이라는 자괴감이 든 것이다.

그들이 기뻐하는 것과는 달리 진검대 대주와 부대주 얼굴에는 아쉬움이 가득 떠올랐다.

하지만 그들은 자신들이 아직 싸움에 투입될 정도의 실력이 아님을 알기에 내심으로 더욱 무공 연마에 박차를 가할 것이라고 투지를 불태웠다.

또한 운검대와 은월검대 대주, 부대주들은 부러운 얼굴로 비룡검대와 해룡검대 사람들을 바라보면서 자신들도 머지않아서 싸움에 나갈 수 있을 것이라고 다짐을 거듭했다.

"주군께서 너희들의 노고에 상을 내리셨다."

말을 마치고 장하문은 한 자루 검을 집어 들었다.

"다섯 달 전에 주군께서 검을 만들라고 명령하셨는데 마침내 완성되었다."

모두들 검을 주시했다.

검은 석 자 길이에 은은한 붉은빛이 감도는 검실에 감싸여 있으며 검파에는 특이한 문양이 새겨져 있었다.

"일전에 해룡상단이 서장에서 일만 근의 무령강을 구해왔으며 이 검은 무령강과 강철을 삼 대 칠의 비율로 섞은 합금으로 만들었다."

그때 네 명의 수하가 원탁의 넓게 빈 가운데에 허벅지 굵기의 일 장 길이 쇠기둥을 갖고 와서 세우고 물러났다.

좌중의 사람들은 장하문이 무엇을 하려는 것인지 궁금했다.

장하문이 검을 쥐고 있으며 원탁 안에 쇠기둥을 세웠으니 혹시 저걸 자르려는 것은 아닌가, 라는 생각을 했지만 그러는 것은 천하의 보검으로나 가능한 일이라서 반신반의했다.

그런데 장하문이 원탁의 안쪽 공터로 걸어 들어가 쇠기둥 앞에 우뚝 섰다.

장하문이 천천히 검을 뽑았다.

스응……

청아하고 맑은 쇳소리가 흘렀다.

앞으로 곧게 뻗은 검의 칼날은 불그스름하고 검신 몸통은 은은한 푸른 기운이 감돌았다.

장하문은 화운룡을 돌아보았다.

"검명을 운룡검(雲龍劍)으로 하려는데 주군께서 허락하시겠습니까?"

화운룡의 이름 '운룡'을 따겠다는 뜻이며 사전에 한마디 상의하지 않은 장하문의 독단이었다.

그렇지만 주군의 이름을 따서 검명을 짓겠다는 그의 충성스러운 마음이기도 했다.

"하룡, 자네……."

"여러분, 운룡검이 어떤가?"

화운룡이 뭐라고 하려는데 장하문이 중인들을 부추겼다.

"최곱니다!"

"운룡검보다 더 좋은 검명은 없을 것입니다!"

"쌍수로 환영합니다!"

그래놓고서 장하문은 화운룡의 허락을 종용했다.

"주군, 허락해 주십시오."

화운룡은 껄껄 웃었다.

"하하하! 하룡검(河龍劍)으로 하라!"

"알겠습니다! 이제부터 이 검의 이름은……."

장하문은 중인들에게 말하다가 뭔가 이상함을 느끼고 화
운룡을 돌아보았다.

"주군."

"하하하! 이미 하룡검으로 정했다."

'하룡'은 장하문의 아명(兒名), 즉 모친이 어렸을 때 불렀던
이름이다.

검을 만들라는 화운룡의 명령을 받들어서 시작부터 끝까
지 애를 쓴 사람은 장하문이었다.

장하문이 항의하려고 하자 화운룡이 지적했다.

"하룡, 자넨 지금 하룡검의 위력을 시험하려는 것이 아니

냐? 어서 시작하라."

이럴 때의 화운룡과 장하문은 막역한 친구 사이 같다.

검명을 운룡검으로 하려던 장하문의 계획은 이미 물 건너가 버렸다. 그걸 놓고 주군과 다툴 수는 없는 일이다.

장하문이 하룡검을 머리 위로 들었다가 빠르고 간명한 동작으로 그어 내렸다.

쩌껑!

쇠와 쇠가 부딪치는 날카롭고 묵직한 음향이 울렸다.

모두의 시선이 쇠기둥으로 향했다.

지이잉…….

굵은 쇠기둥 전체가 가늘게 진동하면서 울음소리를 흘리는가 싶더니 위에서부터 가로 똑같은 크기로 켜켜이 잘라진 쇳덩이 다섯 개가 바닥에 우수수 떨어졌다.

쿵! 쿠쿵!

"맙소사……."

"오오……."

얇은 한 자루 검이 허벅지 굵기의 쇠기둥을 무를 베듯이 깨끗하게 자른 것도 놀라운데 바닥에 떨어진 쇳덩이는 하나가 아닌 무려 다섯 개이며 크기가 다 똑같았다.

중인은 장하문이 그저 하룡검을 위에서 아래로 한 번 그어 내리는 것만 보았을 뿐이다.

그런데 그 간명한 동작 하나에 장하문은 다섯 개의 변화를 집약시켰던 것이다.

중인은 장하문의 뛰어난 검술에 놀랐으며 하룡검의 위력에 더 놀랐다.

장하문은 하룡검을 검실에 꽂고 제자리로 돌아가 섰다.

"이 검을 모두에게……."

"하룡검일세."

화운룡의 지적에 장하문은 다시 말했다.

"하룡검을 본 문 전 제자에게 지급할 것이다."

"와아……!"

"굉장합니다!"

여기저기에서 찬탄이 와르르 터졌다. 무사, 특히 검사들에게 검은 생명과도 같은 것이다.

그런데 이제 쇠기둥을 무처럼 자르는 명검이 생겼으니 모두들 신바람이 났다.

소동이 가라앉기를 기다린 장하문이 말을 이었다.

"같은 무령강 합금으로 만든 도와 창이 있으며 그 역시 초일도와 만우뢰를 연마하고 있는 제자들에게 한 자루씩 지급할 것이다."

장하문은 손을 들어서 중인이 떠들지 못하게 하고는 제자들이 가장 좋아할 선물을 발표했다.

"주군께서 각 검대별로 은자 십만 냥씩 하사하셨다."

은자 십만 냥이라는 말에 좌중이 조용해졌으며 장하문의 말이 이어졌다.

"사해검대와 상청검대도 포함되며, 용신들은 각자 일만 냥씩 지급받게 될 것이다."

각 검대에 은자 십만 냥씩이면 엄청난 금액이다.

골고루 분배를 한다면 검사 오십여 명인 비룡검대는 일인당 이천 냥을 받게 될 테고, 칠십 명인 해룡검대는 일인당 약 천사백 냥이라는 거금이다.

비룡은월문 전 제자들의 녹봉이 워낙 후해서 다들 풍족한 생활을 영위하고 있는데 홍리(紅利: 상여금)로 은자 십만 냥씩을 준다는 것이다.

자고로 세상에 돈 싫어하는 사람은 없다. 돈이란 다다익선, 많을수록 좋은 것이다.

또한 화운룡을 제외한 십사룡신 각자에게 은자 일만 냥이라는 거금이 주어진다.

장하문을 제외한 십삼룡신과 비룡검대에서 은월검대까지 오검대주와 부대주들이 일제히 일어나서 화운룡에게 허리를 굽히며 외쳤다.

"주군, 감사합니다!"

우렁찬 외침이 울려 퍼지자 당평원과 원명 등은 어떻게 해야 할지 몰라서 쭈뼛거렸다.

자신들은 이제 막 비룡은월문의 검대가 됐는데 홍리를 받아도 되는 것인지 당황스러웠다.

결국 당평원과 원명 등은 술자리가 끝날 때까지 고맙다는 말을 하지 못하고 말았다.

초저녁에 시작한 연회는 해시(亥時: 밤 10시경)가 지나서야 끝났다.

화운룡과 옥봉, 사유란, 보진은 운룡재 앞에 나란히 서 있고, 용신들과 각 검대의 대주, 부대주들이 한 명씩 인사를 하고는 자신들의 거처로 향했다.

마지막으로 장하문이 화운룡 앞에 섰다.

"편히 주무십시오."

화운룡은 빙그레 미소 지었다.

"좋은 시간 보내게."

"무슨 말씀을……."

이제 자러 가는 사람에게 좋은 시간을 보내라는 게 무슨 뜻인지 몰라서 장하문은 의아한 표정을 지었다.

그러다가 저만치 서서 자신을 기다리고 있는 백진정을 발견한 장하문은 얼굴을 붉혔다.

"주군께서 생각하시는 그런 게 아닙니다."

"내가 뭘 생각하고 있는가?"

장하문은 백진정을 한 번 보고 나서 어색하게 미소 지으며 변명하듯 말했다.

"정 매하고는 거처까지만 산책 삼아서 같이 갈 겁니다. 그녀는 그녀의 거처에, 저는 제 거처에 갑니다. 네."

"그런가?"

"물론입니다. 주군께서 잘못 생각하고 계신 겁니다."

장하문은 자신이 백진정하고 달콤한 밤을 보낼 것이라고 화운룡이 오해하는 것이라고 짐작했다.

화운룡은 묘한 미소를 지으며 고개를 끄떡였다.

"알았으니 가보게."

화운룡이 그렇게 말하면서도 여전히 묘한 미소를 짓자 장하문은 그가 말로만 알았다면서 속으로는 여전히 오해하고 있는 것이라는 생각에 답답해졌다.

"글쎄, 그게 아니라니까요?"

"알았다니까?"

"하여튼 아닌 것은 아닌 겁니다."

화운룡은 팔짱을 꼈다. 그는 장하문이 무슨 생각을 하고 있는지 간파하고 짐짓 너스레를 떨었다.

"우린 혼인최고문 사람이잖은가?"

"그게 어쨌다는 겁니까?"

일전에 몽개가 장난삼아서 연인들만의 문파를 만들었는데 그것이 혼인최고문이었다.

그곳의 문도는 화운룡과 옥봉, 장하문과 백진정, 몽개와 유정이었다.

"혼인최고문 사람은 서로 사랑하는 사이니까 뭘 해도 괜찮다는 게지."

화운룡이 좋은 시간 보내라고 한 말은 그런 뜻이 아니었는데 장하문이 오해를 해서 얘기가 이상하게 꼬였다.

"가겠습니다."

장하문은 이곳에 더 있어봤자 오해만 깊어질 것 같아서 얼른 인사를 하고 돌아섰다.

그는 찜찜한 마음을 떨쳐내지 못한 채 백진정과 함께 호숫가를 걸어갔다.

*   *   *

화운룡은 장하문이 멀어지는 모습을 눈으로 좇다가 돌아서려는데 저만치에 당한지와 당검비가 서서 이쪽을 쳐다보고 있는 모습을 발견했다.

눈이 마주치자 당한지와 당검비는 움찔 당황하더니 급히 허리를 굽혔다.

"무슨 일이냐?"

화운룡이 묻자 두 사람은 급히 달려와서 나란히 섰다.

"드릴 말씀이 있습니다."

"말해라."

화운룡이 고개를 끄떡이자 당검비가 조심스럽게 말했다.

"주군, 저희들 친구인 선한매와 염표를 기억하십니까?"

"안다."

선한매와 염표는 당검비 남매와 동문수학한 사형제지간이고 또한 막역한 친구인데, 선한매의 부모가 사해검문이 있는 신하 포구에서 주루를 운영하고 있었다.

당한지를 납치해서 태극신궁 소궁주인 강우조에게 넘기려는 음모를 꾸민 추계랑을 잡는 과정에서 선한매와 염표는 부상을 당했고 화운룡이 그들을 치료해 주었다.

"그들을 거두어주실 수 없으십니까?"

"용신으로 받아들이라는 것이냐?"

"아닙니다. 두 사람을 본 문의 제자로 거두어주십사는 부탁을 드리는 겁니다."

당검비가 설명을 했다.

"두 사람은 아버지께서 데려온 측근에 들지 못했습니다. 그렇지만 그들은 주군의 수하가 되고 싶어 합니다. 그래서 부탁드리는 겁니다."

화운룡은 고개를 끄떡였다.

"알았다. 그 둘을 은월검대에 입대시켜라."

당검비와 당한지는 크게 기뻐하며 허리를 굽혔다.

"감사합니다."

허리를 편 당한지가 고혹한 표정으로 화운룡을 바라보았다.

화운룡은 그녀에게 부드러운 미소를 지으며 가볍게 고개를 끄떡였다.

"지아는 별일 없느냐?"

"네, 주군."

당한지는 그가 물어봐 준 것이 고마워 얼굴을 붉혔다.

사해검문을 도우러 갔을 때 화운룡은 당한지가 죽을 것이라는 사실을 예지했다.

그래서 어떻게 해서든지 당한지를 살리려고 방비책을 알아내기 위해서 별별 방법을 다 사용했다.

그 과정에 화운룡과 당한지는 서로 힘껏 끌어안았고 급기야 깊은 입맞춤까지 했었다.

물론 죽음이 두려운 당한지가 결사적으로 방법을 강구하다가 그에게 먼저 입맞춤을 한 것이지만, 결론적으로 입맞춤을 통해서 화운룡은 누가 당한지를 죽이게 되는지 알아냈다.

화운룡의 노력으로 당한지는 목숨을 건졌으며 배신자인 추계랑의 음모를 분쇄할 수 있었다.

그러나 이제 겨우 십팔 세 소녀인 당한지는 생애 첫 입맞춤의 기억이 아직도 또렷하게 남아 있는 탓에 화운룡을 바라보는 눈빛에 안타까움과 그윽함의 정이 듬뿍 담겨 있는 것이다.

장하문은 백진정을 용신들의 거처인 용봉각에 바래다주고 자신의 거처인 신기전으로 들어갔다.

"어서 오세요."

그가 이 층으로 오르자 그를 최측근에서 보필하는 하녀 심은(沈恩)이 공손하게 맞이했다.

그런데 장하문은 심은이 보일 듯 말 듯 미소를 짓는 모습을 발견했다.

"왜 그러느냐?"

"네?"

"무슨 일이 있느냐?"

심은은 고개를 살래살래 가로저었다.

"아무 일도 없어요. 어서 안으로 드세요."

장하문은 고개를 갸웃거리며 내전으로 들어갔다.

'오늘은 다들 이상하군.'

조금 전에는 화운룡이 장하문과 백진정 사이를 오해하더니 이제는 하녀마저 묘한 미소를 짓고 있었다.

이 층의 내전은 정면이 거실이고 왼쪽은 서재이며 오른쪽에 침실이 있다.

척!

문을 열고 안으로 들어서던 장하문은 정면 의자에 한 사람이 앉아 있는 것을 발견하고 뚝 걸음을 멈추었다.

벽에 걸린 흐릿한 유등 불빛에 그 사람의 옆모습이 선명하게 드러났다.

그 사람은 장하문을 향해 의자에 앉아서 그를 그윽하게 바라보고 있었다.

"아……."

장하문의 입에서 탄식 같은 소리가 새어 나왔다.

그는 주춤거리면서 의자에 앉은 사람을 향해 다가갔다.

의자에 앉은 사람은 여자이며 칠십 세가 넘어 보였다. 몸이 매우 여위고 주름이 자글자글한 얼굴은 그녀가 고생을 많이 했음을 나타내고 있었다.

움푹 꺼진 눈과 양 뺨, 쪼글쪼글한 입이며 목의 주름살, 바람만 불어도 날려갈 듯한 가냘픈 몸매다.

기실 그녀의 나이는 육십삼 세지만 고생을 많이 한 탓에 나이보다 훨씬 늙게 보였다.

노파는 비틀거리면서 다가오는 장하문의 얼굴을 자세히 보더니 한순간 후드득 메마른 몸을 떨었다.

"아… 하룡이니?"

세상천지에 장하문을 '하룡'이라고 부르는 사람은 화운룡 외에 오로지 한 사람, 그를 낳아준 어머니뿐이다.

장하문은 그제야 아까 화운룡이 '좋은 시간 보내라'고 한 말의 뜻을 깨달았다.

장하문의 거처에서 난데없이 그의 어머니가 기다리고 있는 것은 바로 화운룡의 안배인 것이다.

원래 장하문은 어머니를 오래전에 잃어버렸다. 학문을 매우 잘해서 앞길이 창창한 아들의 앞길에 방해가 되고 싶지 않았던 어머니는 어느 날 홀연히 아들의 곁을 떠났는데 그것이 벌써 십일 년 전의 일이었다.

그 당시 십사 세의 장하문은 어머니를 찾으려고 백방으로 수소문했지만 모두 허사였다.

항주가 알아주는 천재 소년 장하문이지만 떠나기로 작정한 어머니를 찾는 일은 십사 세 어린 소년으로서는 무척이나 벅찬 일이었다.

그렇게 장하문은 어머니와 헤어졌으며 장장 십일 년 동안이나 어머니에 대한 그리움을 가슴에 묻고 살아왔다.

그런데 오늘 밤 장하문 앞에 기적이 일어났다. 꿈속에서조차 그리워한 어머니가 기적처럼 나타난 것이다.

화운룡은 미래를 알고 있으므로 마음만 먹는다면 장하문

의 어머니를 찾아낼 수 있었을 것이다.

세상천지에 이런 주군이 어디에 있다는 말인가. 장하문은 감격으로 온몸이 녹아내리는 것만 같았다.

그는 어머니 장자연(張慈蓮) 발아래 무릎을 꿇고 이마를 바닥에 댔다.

"소자 하룡이 어머니를 뵈옵니다."

"네가 정말 하룡이더냐……?"

자신을 한때의 노리개로 삼았다가 자식을 낳으니까 가차없이 버린 대학자 유원종의 성을 따르는 대신 아들에게 자신의 성을 주었던 어머니 장자연은 의자에서 일어나 덜덜 떨리는 손으로 아들의 어깨를 잡았다.

"어머니……."

장하문이 고개를 들자 그를 마주 보고 무릎을 꿇은 장자연은 쪼글쪼글한 두 손으로 아들의 얼굴을 쓰다듬으며 자세하게 살펴보았다.

"아아… 잘생긴 내 아들 하룡이 틀림없구나……."

"어머니……."

장자연은 아들을 소중하게 품에 안았다.

장하문도 십일 년 만에 만난 어머니를 부서질세라 가만히 마주 안았다.

화운룡은 서재에서 무언가를 하고 있는 중이다.

벌써 반시진째 탁자에 커다란 종이를 펼쳐놓고 붓을 들어 무언가를 열심히 그리거나 쓰고 있었다.

그는 연회가 끝나고 운룡재로 돌아오자마자 서재에 틀어박혀서 한눈도 팔지 않고 반시진 내내 지금 하고 있는 일에만 몰두하고 있다.

그의 뒤에서는 보진이 장승처럼 우뚝 서서 그를 호위했다.

보진은 화운룡의 뒷모습을 물끄러미 바라보았다. 그녀의 눈빛은 사랑하는 남자를 바라보는 그것이다.

이번 그녀와 화운룡이 그녀가 만든 일명 천옥보갑에 같이 들어가서 한 몸이 되어 활동을 했던 나흘은 그녀로 하여금 더욱 화운룡을 사랑하게 만들었다.

천옥보갑 속에서 두 사람이 한 몸처럼 행동한 것은 물론이고 화운룡이 그녀의 단전 속으로 들어갔을 때 그녀는 무엇보다도 따뜻한 무언가를 느낄 수 있었다.

한 번도 누군가를 제대로 사랑해 보지 못한 그녀지만, 본능적으로 이것이 진정한 사랑이 아니겠냐며 생각하고 있었다.

화운룡의 공력이 그녀의 단전으로 들어가 똬리를 틀었기 때문이다.

두 사람이 천옥보갑 속에서 일어났던 여러 행동들 중에 정점을 찍었던 것은 뭐니 뭐니 해도 보진의 피치 못할 생리현상

사건이다.

존북사왕이 언제 급습을 가할지 모르는 상황에 하필 보진은 오줌이 마려워서 죽을 지경이 되었다.

그 전부터 마려웠는데 화운룡이 존북사왕하고 생사결전을 벌이고 있는 터라서 줄곧 참았다.

참다 참다가 마침내 오줌보가 터지기 직전에 보진은 기어들어 가는 목소리로 화운룡에게 겨우 말했고, 화운룡은 으슥한 곳으로 보진을 데려다주었다.

그때의 상상을 하면 보진은 지금도 얼굴이 화끈거려서 쥐구멍이라도 들어가고 싶은 심정이 되고 만다.

그렇지만 화운룡은 아무렇지도 않은 것 같았다. 그가 보진의 단전에 들어왔던 것이나 그 이후에도 내내 덤덤하게 행동했다.

딱 한 번 보진에게 '진아, 오줌 안 마려우냐?'라고 놀리다가 옆구리를 꼬집힌 것이 전부였다.

탁!

이윽고 화운룡이 붓을 내려놓았다.

커다란 종이에는 비룡은월문 내부 전체를 위에서 아래로 내려다본 그림이 그려져 있으며, 거미줄처럼 얽혀 있는 운하와 인공 호수, 정원, 인공 가산들이 있는데, 그곳들 전부에 깨알처럼 글자가 적혀 있었다.

화운룡이 목욕을 하고 침실에 든 것은 자정이 조금 넘은 시각이었다.

"아버님은 어떠시지?"

옥봉이 소곤거리듯이 대답했다.

"조금씩 걸어 다니세요. 우리 두 사람을 혼인시키신다고 아주 열심히 운동을 하세요."

그렇게 말하고 나서 옥봉은 얼굴이 빨개졌다.

주천곤은 자신이 제대로 걷고 움직이게 되면 화운룡과 옥봉을 혼인시키겠다고 말했다.

그때까지 가지 않고 침상 옆 의자에 앉아 있던 사유란이 설명했다.

"넉넉잡아서 한 달쯤만 정양하시면 전하께선 용청과 봉아가 혼인하는 것을 볼 수 있으실 거야."

사유란은 상체를 조금 숙이고 속삭였다.

"전하께선 벌써부터 손주를 기다리신다니까?"

"어머니."

옥봉이 부끄러워서 얼른 손을 뻗어 사유란의 입을 막았다.

사유란이 입에서 옥봉의 손을 떼어내고 딸을 놀렸다.

"봉아, 너 아기 낳을 준비됐니?"

"어머니, 그만하세요."

사유란은 옥봉이 부끄러워하는 모습이 재미있는 것 같았다.

　가만히 있으면 화살이 자신에게 돌아올 것 같아서 화운룡이 넌지시 참견을 했다.

　"어머님, 피곤하지 않으십니까?"

　"난 피곤하지 않아. 여기에서 좀 더 놀다 갈 거야."

　화운룡은 늘어지게 하품을 했다.

　"아아… 그렇지만 저는 몹시 피곤합니다."

　"하루 종일 용청하고 봉아하고 재미있게 대화하기만 기다렸단 말이야."

　사유란은 입술을 삐죽거리다가 물러갔다.

第六章

천제의 징표(徵標)

화운룡은 묘시(아침 6시경)에 일어나서 운공조식을 했다.

그런데 이상한 일이 생겼다. 보진과 일체가 됐을 때 공력이 이십오 년 급증했었는데 지금 운공을 해보니까 오 년만 증진된 상태다.

그것은 태자천심운으로 자연스럽게 며칠에 일 년씩 증진되는 공력이라서 보진과 일체였을 때 증진된 이십오 년 공력하고는 근본적으로 달랐다.

"진아, 일체가 돼보자."

결국 화운룡은 그때 상황을 다시 재연해 보기로 했다. 그렇게 해야지만 어떤 답이 나올 것 같았다.

"천옥보갑을 가져올까요?"

보진은 몇 가지 새로운 기능을 더 넣어서 천옥보갑을 새로 만들려는 생각을 하고 있었다.

그런데 '일체가 돼보자'라는 화운룡의 말에 왠지 그녀는 매우 신나는 표정을 짓고 있었다.

"그냥 발등에 올라서라."

보진은 화운룡에게 등을 보인 자세로 냉큼 그의 발등에 올라서 두 손을 뒤로 돌려 그의 허리를 감았다.

화운룡은 즉시 자신과 보진의 공력을 합쳤다. 그렇지만 백사십오 년 공력이다. 존북사왕을 죽이기 직전에 급증했던 이십오 년 공력이 없다.

"단전을 열어라."

이번에는 보진의 단전으로 들어가 볼 생각이다. 이십오 년 공력이 급증했을 당시 화운룡이 그녀의 단전으로 들어간 상태였으니까 그 상황을 재연해 보려는 것이다.

그녀의 단전에 들어가서도 이십오 년 공력이 생기지 않는다면 존북사왕을 죽였을 당시에 갑자기 급증했던 이십오 년 공력은 그냥 일시적인 현상으로 봐야 한다.

보진은 단전을 개방했다. 그러면서 바짝 긴장했다. 지난번처럼 그가 들어올 때 똑같이 그런 느낌이 들 것인지 궁금하면서도 기대가 됐다.

'앗!'

화운룡의 공력이 예고도 없이 갑자기 거세게 밀고 들어오자 보진은 하마터면 비명을 지를 뻔했다.

그러고는 그녀의 단전이 가득 차서 빵빵해졌다. 화운룡이 가득 들어왔음이 생생하게 느껴졌다.

'아아……'

화운룡의 허리를 잡은 그녀의 두 손에 잔뜩 힘이 들어갔다.

'안락해!'

화운룡의 공력이 보진에게 들어오자 그녀는 편안함을 느끼기 시작했다.

그리고 배꼽 아래로 들어오는 따뜻함에, 다시 한번 알 수 없는 행복감을 느꼈다.

'됐다.'

화운룡은 단전에서 합쳐진 자신들의 공력이 백칠십오 년이 된 것을 확인했다. 그 당시에 급증했던 이십오 년 공력이 고스란히 되돌아왔다.

또한 그의 공력이 그때보다 오 년 높아졌기 때문에 백칠십 년에서 백칠십오 년이 된 것이다.

'개방한 단전에 들어가서 합쳐야지만 증진된 공력이 유지되는 것이로군.'

일단 그것만 확인했다. 어째서 갑자기 이십오 년 공력이 급증했는지는 여전히 숙제로 남았다.

다만 존북사왕의 일장에 정통으로 적중당한 직후에 그런 일이 생겼기 때문에 강한 충격이 단전의 전벽을 깨뜨려서 공력이 누출됐을지도 모른다는 추측만 할 뿐이다.

화운룡은 보진의 단전에서 나와 합체를 풀었다.

"아……."

그의 공력이 갑자기 뒤쪽으로 쑥 빠져나가자 보진은 그의 발등에서 내려서며 비틀거렸다.

그러나 화운룡은 깊은 생각에 잠겨 있느라 보진이 비틀거리는 것을 신경 쓰지 않았다.

현재 화운룡 개인의 공력은 사십 년 수준이 되었다. 그 정도면 천외신계 녹성고수 한 명을 요리할 수준은 된다.

정신을 차린 보진이 궁금한 얼굴로 물었다.

"주군, 무슨 일인가요?"

화운룡은 지금 상황에 대해서 자세히 설명해 주고 나서 그녀에게 운공조식을 해보라고 지시했다.

운공을 하고 난 보진이 말했다.

"백십 년 수준이에요."

화운룡이 예상했던 대로다. 화운룡의 사십 년과 보진의 백십 년 공력을 합치면 백오십 년이지만 화운룡이 그녀의 단전에 들어가면 이십오 년 공력이 더 생기는 원리다.

화운룡이 운공을 끝내고 연공실에서 나오자 장하문이 모친 장자연과 함께 들어왔다.

"주군."

장하문은 화운룡을 보자마자 감격한 얼굴로 가까이 다가와 허리를 굽혔다.

"주군, 뭐라고 감사를 드려야 할지……."

"하룡, 여반장 같은 일이었네."

장하문의 모친을 찾아서 데려온 것은 손을 뒤집는 것처럼 쉬운 일이었으니까 고마워하지 않아도 된다는 뜻이다.

화운룡은 장하문 뒤에 서 있는 장자연을 보고 환하게 미소 지으며 고개를 숙여 인사를 했다.

"어머니, 잘 주무셨습니까?"

"덕분에 잘 잤어요, 자룡(子龍)."

장자연이 화운룡을 '자룡'이라고 부르자 장하문은 깜짝 놀라서 그녀를 만류했다.

"어머니, 주군을 그렇게 부르시면 안 됩니다."

"괜찮네."

사실 화운룡은 보름쯤 전 천지당에 장하문의 모친을 찾아오라고 지시를 해두었다.

모친의 이름과 그녀가 살았던 곳, 기녀로 오랫동안 머물렀던 기루, 그리고 그녀가 갈 만한 곳들을 자세하게 가르쳐 주었기 때문에 천지당이라면 어렵지 않게 그녀를 찾을 수 있을 것이라고 생각했다.

그의 바람대로 천지당은 장자연을 찾아서 비룡은월문으로 데리고 왔으며, 어제 연회 도중에 화운룡은 건곤정을 빠져나와서 장자연을 따로 만났다.

화운룡은 자신이 미리 살았던 삶에서 장자연을 만났으며 그녀가 고향에 돌아가서 불편하지 않게 살 수 있도록 모든 배려를 아낌없이 해주었다.

그랬기에 그녀에 대해서 잘 알고 있는 것이다.

하지만 이번 생에서는 장하문과 장자연 모자를 함께 살도록 해주고 싶었다.

장하문이 평생토록 어머니를 얼마나 그리워했는지 잘 알고 있기 때문이었다.

어제 화운룡을 본 장자연은 그가 어릴 때 죽은 자신의 둘째 아들 자룡을 많이 닮았다는 말을 했었다.

그래서 화운룡은 장자연에게 자신을 자룡이라고 불러도 된다고 말해주었다.

미래에서도 장자연은 화운룡을 자룡이라고 불렀고 장하문은 그러면 안 된다고 어머니를 만류했었는데 현재에서도 똑같은 일이 벌어지고 있다.

그때 옥봉과 사유란이 다가왔다.

장하문이 즉시 예를 취했다.

"왕비님, 공주님."

장자연은 아들의 행동에 어리둥절해졌다.

장하문은 사유란과 옥봉의 신분, 그리고 화운룡하고의 관계에 대해서 장자연에게 설명해 주었다.

"아이고, 맙소사……."

설명을 듣고 난 장자연은 자지러질 듯이 놀라면서 그 자리에 납작하게 부복했다.

"미천한 소인이 눈이 어두워서 알아보지 못했습니다. 부디 용서하십시오."

옥봉과 사유란은 화들짝 놀라며 급히 양쪽에서 장자연을 부축해 일으켰다.

"이러지 마세요."

"아아… 천한 몸입니다. 이러시면 안 됩니다."

장자연은 크게 당황하여 어쩔 줄 모르며 옥봉과 사유란을 뿌리치려고 애썼다.

사유란이 온화한 미소를 지으며 자상하게 말했다.

"하룡의 어머니라면 우리하고도 가족이에요. 어머니가 계속 이러면 오히려 우리가 불편하니까 부디 우리를 가족으로 대하세요."

장자연은 펄쩍 뛰었다.

"소인이 어찌 감히……."

그녀의 상식으로는 도저히 있을 수 없는 일이다. 어린 나이에 동기(童妓)가 되어 이십 년 넘도록 세상의 숱한 남자들을 겪었으며, 늘그막에 장하문을 낳아서야 기적(妓籍)에서 몸을 빼낼 수 있었던 그녀는 자신을 천하에서 가장 미천한 신분이라고 생각하는데, 그런 그녀에게 황족이란 백 리 밖에서도 감히 쳐다보지 못할 엄청난 존재인 것이다.

옥봉이 눈을 빛내며 말했다.

"어머니께서 자꾸 그러신다면 우리도 어머니께 똑같이 절을 하겠어요."

그녀는 사유란의 손을 잡았다.

"어머니, 우리도 하룡의 어머니께 무릎을 꿇고 절을 올리는 것이 좋겠어요."

"아, 아이고! 제발 그러지 마세요……!"

옥봉과 사유란이 정말로 절을 하려고 하자 장자연은 어쩔 줄 모르고 허둥거렸다.

옥봉이 장자연의 손을 잡았다.

"그것 보세요. 우리가 절을 한다면 어머니께서 몹시 불편하시겠지요? 우리도 마찬가지예요. 어찌 하룡 어머니의 절을 받겠습니까?”

화운룡이 장하문더러 하룡이라 부르니까 옥봉이나 사유란도 자연스럽게 그리 부르고 있다.

옥봉과 사유란은 장자연의 손을 하나씩 잡고 화사하게 웃으며 식당으로 이끌었다.

“자, 우리 다 같이 아침 식사 하러 가요.”

그 모습을 보면서 장하문은 눈물을 글썽였다.

세상천지에 이런 주군과 황족이 어디에 있다는 말인가.

커다란 타원형의 식탁에는 화운룡과 옥봉, 사유란을 비롯한 십오룡신이 모두 함께 둘러앉았다.

식사를 하기 전에 화운룡이 모두에게 장자연을 소개했다.

“장 군사의 자당이시다. 인사드려라.”

보진과 창천을 비롯한 십삼룡신이 한 명씩 차례로 최상의 예로써 장자연에게 인사했다.

용신들이 인사를 할 때마다 장자연이 일어나서 마주 예를 취하려고 하는 것을 옆에 앉은 옥봉과 사유란이 그녀의 팔을 꼭 붙잡고 일어나지 못하게 했다.

장자연은 어쩔 줄 모르고 크게 당황하면서도 아들이 이처럼 훌륭하게 성장했다는 것과 화운룡 등의 친절에 감격의 눈물을 멈추지 못했다.

화운룡은 서재에서 장하문에게 어젯밤에 작성한 매우 큰 종이를 가리켰다.

"이대로 실행하게."

탁자 맞은편에 앉은 장하문은 진지한 표정으로 종이에 그려진 그림과 글을 한동안 살펴보았다.

시간이 지날수록 장하문의 얼굴이 점차 변했다. 의아함이 놀라움으로, 그리고 감탄으로 이어졌다.

그는 대충 살펴보고 나서 고개를 들어 경악에 가까운 표정을 지었다.

"아… 굉장합니다. 이걸 언제 작성하셨습니까?"

"어젯밤에."

"연회가 끝나고 말입니까?"

화운룡은 대수롭지 않다는 듯 고개를 끄떡였다.

"자네가 어머니를 만나고 있을 때지."

화운룡 뒤에 서 있는 보진이 자신의 일인 양 의기양양해서 덧붙여 설명했다.

"주군께선 반시진 동안 그것에만 전념하셨어요."

"반시진……."

그 말에 장하문은 기가 질렸다. 현재의 그로서는 이런 것을 작성할 능력도 안 되지만 설사 할 수 있다고 해도 몇 달은 족히 걸려야 가능할 것이다.

아니, 이것을 단지 그대로 보고 베끼는 데만 며칠은 걸려야 할 것 같았다.

그런데 화운룡은 순전히 자신의 머리에서 창안하여 빈 종이에 비룡은월문 내부 전체를 자세하게 그린 데다 빼곡하게 글까지 적는 데만 고작 반시진이 걸렸다고 하니까 그거 하나만 봐도 그가 얼마나 위대한 사람인지 알 수 있을 것 같아서 장하문은 절로 고개가 숙여졌다.

커다란 종이에 빼곡하게 그림을 그리고 글로 적힌 것은 사실 진도(陣圖)였다.

거대한 비룡은월문 성벽 안쪽에서 시작하여 백오십여 채의 전각 사이와 통로, 운하, 인공 호수와 인공 가산, 정원 등 단한 곳도 빠짐없이 진(陣)을 펼쳐놓았다. 비룡은월문 전체를 덮는 대진도(大陣圖)인 것이다.

"저도 진을 조금 공부한 적이 있는데 이런 진도는 처음 봅니다. 그렇지만 이대로 펼쳐놓으면 본 문 전체가 비조불입(飛鳥不入)의 철옹성이 될 것이 분명합니다. 이게 대체 어떤 진입니까?"

"삼라만상대진(參羅萬像大陣)이야."

장하문은 감탄을 거듭했다.

"굉장한 이름입니다. 또한 이 어마어마한 진에 딱 어울리는 이름이기도 합니다."

장하문은 진도의 한 곳을 손가락으로 짚더니 한쪽 방향으로 죽 이어갔다.

"장담하건대 천하의 어느 누구도 이 진을 파훼하지 못할 겁니다. 더구나 어떤 방향으로든지 본 문에 침입하기만 하면 진에서 헤어나지 못할 것이고 빠져나오려고 발버둥 치면 자연적으로 침입자가 한 곳으로 가게 돼 있군요."

"그 장소에 뇌옥을 만들도록 하게."

장하문은 깜짝 놀랐다.

"뇌옥입니까?"

그는 손바닥으로 탁자를 두드리며 탄복했다.

"그러니까 본 문에 침입한 자들은 진에서 빠져나오지 못한 채 헤매고 되고, 결국 그들은 마지막에 한 곳으로 가게 되는데 바로 그곳에 뇌옥을 만든다는 것이군요?"

"그래."

비룡은월문에는 원래 뇌옥이 없었다. 그래서 장하문은 이참에 지하에 한 번 들어가면 절대로 탈출하지 못하는 뇌옥을 만들 것이라고 다짐했다.

장하문의 감탄은 쉽사리 가시지 않았다.

"그렇지 않아도 본 문의 외부적인 방어막만으로는 취약하다는 생각을 하고 있었는데 이제 삼라만상대진을 본 문 전체에 전개해 놓으면 철옹성 그 자체가 될 것입니다. 화룡점정(畵龍點睛)이 바로 이것입니다."

동태하 강 한가운데의 섬인 백암도 전체에 비룡은월문이 위치해 있다는 사실만으로도 천연적인 요새라고 할 수 있다.

또한 성채 둘레에 설치한 해자와 높은 성벽도 적의 침입을 막아주는 데 큰 역할을 한다.

그렇지만 해자를 건너고 성벽을 넘어 성안으로 침입하는 자가 절대로 없을 것이라고는 장담하지 못한다.

언젠가는 침입자가 생길 테고 그러면 아무런 장치가 없는 성내에서 침입자들이 제멋대로 날뛰게 될 것이다.

하지만 이제 삼라만상대진이 성내 전체에 펼쳐지면 그야말로 난공불락 철옹성이 되는 것이다.

"이런 엄청난 절진을 반시진 만에 만드시다니, 정말 대단하십니다, 주군."

화운룡은 고개를 가로저었다.

"내가 만든 것 아냐. 나는 이 진을 단지 기억만 하고 있었을 뿐이지."

장하문은 적잖이 놀랐다.

"그렇습니까? 그럼 누가 삼라만상대진을 창안했습니까?"

"자네야."

"……"

장하문 얼굴이 멍해졌다.

화운룡은 미소를 지으며 설명했다.

"자네가 오십사 세 때 삼라만상대진을 창안했어. 나는 그걸 기억하고 있다가 저기에 옮겨 적었을 뿐이지."

"아아……."

장하문은 벌린 입을 다물지 못했다.

*   *   *

사신천가 중 하나인 백호뇌가의 가주 소진청이 가족을 이끌고 화운룡을 찾아왔다.

그는 천하 모처에 있는 백호뇌가에서 폐관하여 가주(家主)로서의 수업을 받고 있다가 그곳으로 달려온 딸 홍예로부터 '천제의 출관 명령'을 전해 듣고는 십오 년 만에 출관한 즉시 곧장 비룡은월문으로 달려온 것이다.

"용랑!"

실내에 들어선 홍예는 자신들을 맞이하는 화운룡을 발견하자마자 반가운 일성을 터뜨리며 그에게 달려갔다.

십칠 세지만 늘씬한 몸매의 홍예는 나비처럼 팔랑거리며 화운룡 품에 안겼다.

홍예는 팔짝 뛰어 두 팔과 두 다리로 화운룡의 목과 허리를 감고는 얼굴을 바싹 가까이 가져갔다.

"보고 싶어서 죽을 뻔했어요……!"

지난번 홍예가 화운룡을 납치했을 때 그녀는 그와 한 번의 깊은 포옹을 한 것만으로 자신과 그의 미래에 대해서 모두 다 알게 되었다.

즉, 자신이 지금으로부터 칠 년 후인 이십사 세 때 이십칠 세인 화운룡을 만나서 그때부터 평생 같이 살게 된다는 사실을 말이다.

그때는 화운룡이 괄창산에서 무극사신공을 배우다가 사신천가를 찾기 위해서 잠시 속세에 나왔을 시기였다.

화운룡은 팔십사 세 때 우화등선에 도전했다가 스무 살 과거로 돌아오는 날 아침에도 여느 때처럼 홍예, 운설하고 식사를 했었으며, 그런 기억까지도 홍예의 머릿속에 고스란히 다 살아났던 것이다.

기억이 되살아난 홍예와 건곤쌍쾌의 건쾌 수란을 제외한 다른 사람들은 홍예의 돌발적인 행동에 놀라는 표정을 지었다.

홍예는 달콤하게 속삭였다.

"용랑도 제가 보고 싶었나요?"

"그래."

화운룡은 두 손으로 홍예를 받치고는 빙그레 훈훈한 미소
를 지었다.

홍예를 뒤따라서 들어온 부부 소진청과 염교교는 홍예의
느닷없는 행동에 크게 놀랐다.

여기에 오기 전에 홍예에게 화운룡에 대해서 자세한 설명
을 귀가 닳도록 듣기는 했지만 남자라고는 생판 모르는, 이제
겨우 십칠 세 홍예의 저런 도발적인 행동은 부모인 소진청과
염교교를 매우 당황시켰다.

당황하기로는 화운룡 뒤에 나란히 서 있는 장하문과 보진
도 마찬가지다.

두 사람은 매우 가까이 서 있었기에 홍예가 화운룡에게 달
콤하게 대하는 것을 똑똑히 목격했다.

화운룡은 홍예를 내려놓고 다가오는 소진청과 염교교, 건
곤쌍쾌 수란과 도범을 두루 쳐다보며 미소 지었다.

"너희들까지 올 줄은 몰랐다."

건곤쌍쾌 수란, 도범 남매가 바닥에 부복하여 머리를 조아
리고 인사를 올렸다.

"천제를 뵈옵니다."

소진청과 염교교는 호위고수인 건곤쌍쾌마저 화운룡에게
군신지례를 취하는 광경을 보고 있지만 자신들은 쉽사리 무
릎을 꿇을 수가 없다고 생각했다.

딸 홍예와 호위고수 건곤쌍쾌의 말만 듣고서 화운룡을 사신천제라고 인정할 수는 없기 때문이다.

그때 홍예가 장하문을 발견하고 뾰족한 일성을 터뜨렸다.

"하룡 아냐?"

장하문은 일전에 홍예와 건곤쌍쾌를 한번 본 적이 있었다. 그녀들이 화운룡을 납치한 흔적을 추적해서 분천 포구 주루까지 갔을 때였다.

또한 장하문은 홍예가 어떤 사람인지 화운룡에게 설명을 듣긴 했지만 그건 말 그대로 설명일 뿐이지 일 푼도 가슴에 와닿지 않는 얘기였을 뿐이다.

홍예는 장하문 앞으로 다가와서 그의 두 손을 잡고 눈물을 글썽거렸다.

"이렇게 젊고 잘생긴 하룡을 보는 것이 얼마만인지……."

장하문을 하룡이라고 부르는 사람이 한 사람 더 생겼다.

홍예는 장하문의 뺨을 쓰다듬으며 감격한 표정으로 말했다.

"하룡 장례식 때 내가 얼마나 울었는지 알아?"

장하문은 자신이 칠십구 세 때 죽었다는 말을 화운룡에게 들은 적이 있다.

장하문은 가슴이 훈훈해져서 미소를 지으며 물었다.

"나는 그대를 뭐라고 불렀소?"

"뭐라고 불렀느냐면……."

화운룡이 넌지시 가르쳐 주었다.

"자넨 그녀를 소화두라고 불렀네."

홍예가 빽 소리 질렀다.

"용랑!"

장하문은 빙그레 미소 지었다.

"그렇군요."

작고 예쁘장한 왈패라는 뜻의 소화두라는 별명만 듣고서도 장하문은 홍예가 어떤 사람이었는지 대충 짐작할 수 있을 것 같았다.

아무것도 모르는 보진은 이 모든 상황이 그저 놀랍고 낯설기만 할 뿐이다.

소진청과 염교교는 화운룡의 세 걸음 앞까지 다가왔지만 여전히 인사를 하지 못하고 있다.

"진청, 교교, 자네들을 다시 보니 반갑구나."

화운룡이 우화등선을 시도한 날로부터 이십여 년 전에 소진청이 수명을 다해서 죽었으며, 염교교는 그때까지도 호호백발 노파가 되어 생존해 있었다.

소진청이 조심스럽게 말문을 열었다.

"천제의 징표(徵表)를 보여주시겠습니까?"

"그러지."

사신천가의 가주가 처음 천제와 만나게 되면 '천제의 징표'를 요구하고 천제는 그것을 보임으로써 군신(君臣)의 관계가 성립되는 것이다.

다들 숨을 죽이고 화운룡을 주시했다.

'천제의 징표'가 무엇인지 알고 있는 사람들은 그가 과연 천제의 징표를 보여줄 수 있을 것인가를 기대했으며, 모르는 사람들은 그가 어떤 행동을 할지 궁금하게 여겼다.

화운룡은 그 자리에 서서 오른손을 천천히 들었다.

소진청과 염교교는 누구보다도 긴장하여 숨도 쉬지 않고 눈도 깜빡이지 않은 채 화운룡을 지켜보았다.

이윽고 화운룡이 오른손으로 어떤 동작을 취했다.

스슷… 스웃…….

순간 소진청과 염교교의 얼굴에 놀라움과 기쁨이 물결처럼 일렁거렸다.

화운룡은 제자리에 선 채 왼손은 뒷짐을 지고 오른손으로만 허공에 어떤 초식을 전개했다.

그것을 지켜보는 소진청과 염교교는 크게 감격하는 표정이 가득 떠올랐다.

그리고 홍예와 수란, 도범은 당연히 화운룡이 천제의 징표를 전개할 줄 알았다는 표정을 짓고 있었다.

천제의 징표는 사실 검으로 전개하는 것이다. 그러나 화운룡은 손으로도 능숙하게 전개했다.

보기에는 그저 아무렇게나 휘젓는 것 같지만 실제로는 난해하고 오묘한 동작이고 소진청과 염교교는 그것을 한눈에 알아보았다.

약 다섯 호흡에 걸친 화운룡의 동작이 끝나자 소진청과 염교교는 그 자리에 고꾸라지듯이 부복했다.

두 사람은 이마를 바닥에 대고 감격에 가득 찬 떨리는 목소리로 아뢰었다.

"백호뇌가 제이십팔대 가주 소진청과 아내 염교교가 천제를 뵈옵니다."

조금 전 화운룡이 허공에 보인 천제의 징표는 사실 백호뇌가의 가전절학인 백호뇌격검 최후의 절초식이다.

백호뇌격검은 원래 오초식이지만 백호뇌가 사람들에겐 사초식만 전해지고 있다.

마지막 오초식이자 절초는 사신천제가 알고 있으며 그가 백호뇌가 가주를 처음 만나게 되면 '천제의 징표'로서 보여주게 되어 있다.

이후 천제는 오초식을 가주에게 전수하며 가주는 그것을 배우고 나서 가문의 사람들에게 전수하게 되는 것이다.

소진청은 백호뇌격검 오초식을 배운 적이 없지만 알아보는 눈은 지니고 있다. 그것은 선대로부터 이어져 내려오는 전통

같은 것이다.

화운룡은 담담히 고개를 끄떡였다.

"일어나라."

소진청과 염교교는 조심스럽게 일어나서 새삼스럽게 화운룡을 바라보았다. 조금 전에 보았던 화운룡과 지금 바라보고 있는 화운룡은 같은 사람이지만 두 사람에겐 전혀 다른 신분이 되었다.

화운룡을 비롯한 장하문과 소진청 부부, 그리고 홍예는 탁자에 둘러앉아 있으며 보진과 건곤쌍쾌는 서 있다.

문득 화운룡은 맞은편에 앉아 있는 염교교를 불렀다.

"교교, 이리 와라."

염교교는 일어나서 화운룡에게 다가와 앞에 섰다.

십구 세에 홍예를 낳은 염교교는 올해 삼십육 세로서 미모와 몸매가 여신이나 다름없다. 아름다운 홍예를 낳은 어머니이니까 당연한 것이며 아직 어린 홍예에 비해서 염교교는 훨씬 성숙하고 농염했다.

"내게 앉아라."

화운룡이 자신의 무릎을 가리키면서 말하자 염교교는 깜짝 놀랐다.

"주군, 어찌 천첩이……."

"괜찮다. 나를 마주 보고 앉아라."

화운룡은 홍예와 수란이 그랬던 것처럼 염교교를 품에 깊이 안아서 그에게 미래를 보여주는 것, 이른바 각성(覺醒)을 시켜주려는 것이다.

아직 풀리지 않는 수수께끼지만 깊은 포옹으로 여자는 각성이 되고 남자는 되지 않았다. 어째서 그런 것인지 원인은 모르지만 만약 염교교가 각성을 한다면 앞으로의 관계가 지금보다 훨씬 매끄러워질 것이다.

화운룡이 염교교의 팔을 잡아 자신의 허벅지에 마주 보고 서로의 몸이 닿도록 바투 앉게 해주었다.

염교교는 비록 남편이 뻔히 보고 있다고 해서 화운룡의 명령을 거절하지 않았다. 무릇 천제의 명령은 거절할 수 있는 것이 아니다.

소진청 역시 그 광경을 이상한 눈으로 보지 않았다.

홍예와 수란은 그의 무릎에 앉아 그가 깊이 안아주니까 한순간 머릿속이 환해지면서 자신들이 미래에 화운룡과 수십 년 동안 함께 살았다는 사실을 모두 알게 되었다고 소진청과 염교교에게 말해주었다.

화운룡은 한 뼘 사이로 가까워진 염교교의 양 뺨을 두 손으로 부드럽게 감쌌다.

"호호백발 할망구가 이렇게 예뻤었다니……."

염교교는 수줍음에 얼굴이 붉어졌다. 그녀는 자신이 백세 살 때까지 화운룡 곁에서 가족처럼 지냈다는 사실을 딸 홍에에게 들어서 알고 있다.

또한 화운룡이 처음에는 그녀를 수하로 여겼지만 나중에는 누나처럼 대했다는 얘기도 들었다.

염교교는 눈부신 듯 화운룡을 바라보았다.

"백세 살 때 제 모습이 어땠습니까?"

"교저(姣姐)는 백발 머리 소녀 같았지."

'교저'의 '저(姐)'는 누이를 부르는 호칭이다. 화운룡의 그런 호칭은 그가 염교교를 어떻게 대했었는지를 잘 대변해 주고 있었다.

자신이 '백발 머리 소녀' 같았다는 말에 염교교는 곱게 눈을 흘렸다.

"제가 호호백발의 노파였다는 거로군요?"

그녀는 아직 각성을 하지 않았지만 화운룡과 잠깐 나눈 대화에서 그에게 진한 친밀감을 느꼈다.

주군이지만 반백년을 함께 살면서 가족 그 이상의 관계가 되었으며, 주군에게서 '누나'라는 호칭을 들었다는 것만으로도 두 사람 사이가 어땠었는지 짐작할 수 있는 일이다.

슥—

화운룡은 염교교의 뺨을 놓고 두 손으로 등을 안았다.

"자, 교저가 내 사람이 될는지 어디 해보자."

염교교는 설레는 마음을 억누르며 화운룡의 넓은 가슴에 살포시 안겼다.

삼십육 년 동안 남자 품에 안기는 것은 가족을 제외하곤 화운룡이 처음인 그녀다.

하지만 그녀는 어쩐 일인지 그의 품이 매우 친숙하고 평온하다는 느낌이 들었다.

'포근해…….'

염교교는 화운룡의 가슴을 통해서 그의 몸속으로 함몰하는 것 같은 아주 편안한 기분이 들었다.

화운룡은 손으로 염교교의 등을 부드럽게 쓰다듬었다.

"……!"

그러다가 어느 순간 염교교의 몸이 후드득 세차게 떨렸다.

그녀는 몹시 경악하면서 눈을 커다랗게 뜨고 서둘러 화운룡의 품에서 벗어났다.

"아아……."

화운룡을 바라보는 그녀의 눈동자가 크게 흔들렸다.

그러더니 한순간 다시 그의 품에 안기면서 어린아이처럼 울음을 터뜨렸다.

"으아앙! 주군!"

그 모습을 바라보는 홍예와 수란은 그럴 줄 알았다는 듯 흐뭇한 미소를 지었다.

그리고 소진청은 무척이나 신기하다는 표정을 지었으나 곧 염교교의 심정이 자신에게 이입되어 눈시울을 붉히며 두 사람을 바라보았다.

염교교는 화운룡 품에서 몸부림치면서 울음을 그치지 못했다.

"주군을 다시 뵙다니… 으흐엉… 주군……!"

분위기가 몹시 숙연해졌다.

화운룡이 사신 출동을 하지 않고 그냥 평범하게 살고 싶다는 희망에 대해서 모두에게 설명했기 때문이다.

소진청이 진지한 표정으로 입을 열었다.

"이해합니다."

그리고 나서 그는 꼿꼿한 자세로 말을 이었다.

"결정은 천제이신 주군께서 하시고 저희들은 거기에 따르는 것이 본분입니다."

화운룡은 어째서 자신이 가족들과 고향에서 평범하게 살아가고 싶은지에 대해서 구구절절이 설명하지 않았다.

그렇다고 해도 소진청 부부는 화운룡을 충분히 이해했다. 먼저 생에서 팔십사 년 동안 그가 가족도 없이, 혼인도 하지 않은 상태에서 혼자 외롭게 얼마나 치열하게 살았는지 잘 알기 때문이다.

그래서 그는 다시 한번 살게 된 삶에서는 십절무황이 아닌 평범한 촌부로 살아가고 싶은 것이라고 이해했다.

그때 도도와 소랑을 위시한 하녀들이 요리와 술을 가져와서 탁자에 차렸다.

화운룡은 부드럽게 미소를 지었다.

"오늘은 먹고 마시자."

第七章
평화 지역의 추격전

　염교교를 비롯하여 홍예와 수란 세 여자는 각성을 한 덕분에, 미래에 화운룡과 함께 무황성에서 살았던 기억을 되찾았다. 그래서 그와의 대화가 무궁무진했다.

　또한 그녀들은 장하문을 너무도 잘 알고 있는데 그는 그녀들에 대한 기억이 전혀 없어서 대화에 끼어들지 못했다.

　"하룡, 내 술 받아."

　염교교가 술병을 장하문에게 내밀며 친근하게 미소 지었다.

　장하문은 빈 잔을 내밀며 물었다.

"나는 당신과 어떤 사이였습니까?"

화운룡 옆에 앉은 홍예가 참견했다.

"그걸 알면 하룡은 어머니에게 잘해야 돼."

"어째서 그렇소?"

홍예가 수란에게 물었다.

"어머니가 하룡 목숨을 구한 게 몇 번이었지?"

"셀 수도 없습니다."

"그렇겠지?"

"열몇 번인가 세다가 세는 걸 포기했으니까요."

장하문은 적잖이 놀랐다. 염교교가 자신의 목숨을 셀 수도 없이 구했다는 사실이 믿어지지 않았다.

염교교가 장하문의 역성을 들었다.

"하룡은 무공이 약하잖느냐."

"내가 무공이 약했습니까?"

"무황십이신 중에서 제일 약했어. 주군의 군사가 아니었으면 무황십이신에 들지도 못했겠지."

화운룡이 빙그레 미소 지으며 참견했다.

"지금 하룡은 그때보다 더 고강해졌다."

"그래요?"

장하문은 어이가 없는 표정을 지었다. 지금의 그는 절정고수의 반열에 들었다고 할 수 없는 수준인데 그때보다 지금이 더 고강하다는 것이다. 그렇다면 그때는 도대체 얼마나 약했다는 말인가?

홍예가 웃으면서 말했다.

"하룡은 우리들 중에서 최약체면서도 반드시 주군을 측근에서 수행하겠다면서 얼마나 고집을 부리고 따라다니는지 가는 곳마다 위험을 자초했었지."

장하문은 화운룡을 쳐다보았다.

"그래서 주군께서 이번 생에 저에게 한사코 무공을 가르치시는 거였군요."

화운룡이 고개를 끄떡였다.

"제 한 몸 정도는 지키는 수준이 돼야지."

그때 염교교가 생각난 듯이 화운룡에게 물었다.

"그런데 주군, 이번 생에서 옥봉은 만나셨습니까?"

모두의 시선이 화운룡에게 집중됐다.

미래의 생에서 화운룡이 평생 혼인하지 않고 혼자 살면서 한 여자만을 짝사랑했으며 그녀가 주옥봉이라는 사실을 염교교와 홍예, 수란은 너무도 잘 알고 있었다.

염교교는 자신이 그렇게 불쑥 물어놓고서 문득 한 가지 사실을 깨달았다.

어쩌면 화운룡이 옥봉을 만났기 때문에 사신천제로서 천하를 구하는 일을 포기하고 평범하게 살기로 결심했는지 모른다고 말이다.

물론 그렇게 생각하는 것은 염교교만이 아니라 홍예와 수란도 마찬가지다.

다만 미래에 대해서 알지 못하는 소진청과 도범만 영문을 모르고 눈을 껌뻑거렸다.

화운룡은 소랑을 불렀다.

"랑아, 봉애를 모셔오너라."

그 말에 염교교와 홍예, 수란은 크게 놀라고 기뻐하며 비명을 질렀다.

"옥봉이 여기에 계신가요?"

"꺄악! 주군께선 그녀를 만났군요?"

화운룡은 엷은 미소만 지을 뿐 아무 말도 하지 않았다.

기다리는 동안 화운룡은 소진청에게 궁금한 것을 물었다.

"진청, 노대야(老大爺)와 노대랑(老大娘)은 어떻던가?"

소진청은 두 손을 모으고 공손히 대답했다.

"두 분은 무고합니다."

노대야란 소진청의 부친 소의강(蘇義康), 노대랑은 모친 상하군(尙霞君)을 가리키며, 그들 부부는 소진청이 며칠 전까지 머물면서 폐관하고 있던 백호뇌가 본 가에 있다.

사신천가의 가주는 나이가 들면 부부가 함께 본 가로 들어가서 후대(後代)를 준비, 안배하는 것이 전통이고 규칙이다. 후대가 폐관을 끝내고 출관하여 천제를 만나 인정을 받으면 비로소 가주가 되는 것이다.

화운룡은 잠시 생각하다가 조용한 목소리로 말했다.

"나는 조만간 사부님을 만나러 갈 생각이야."

"아……."

모두들 크게 놀라는 표정을 지었다.

염교교가 조심스럽게 물었다.

"주군, 선대 천제께선 천외신계 십존왕의 합공에 돌아가시지 않았나요?"

홍예도 자신의 기억을 끄집어냈다.

"선대 천제께선 이십 년 전에 십존왕의 합공으로 돌아가신 것으로 아는데요?"

그녀들은 그렇게 알고 있었다.

화운룡은 진지하게 말했다.

"내가 며칠 전에 십존왕 중에 존북사왕과 마주쳐서 사부님에 대해서 물어봤는데 그들은 아직 사부님이 계신 곳을 찾아내지 못한 것 같았어."

"그럴 수도 있나요?"

"주군께서 선대 천제를 만났을 때 그분은 이미 오래전에 돌아가셨댔잖아요?"

"그랬었지. 그런데 현재에서 십존왕이 사부님을 합공하지 않았다면 아직 살아 계실 수도 있다는 거야."

좌중에 무거운 침묵이 흘렀다. 만약 화운룡의 사부인 솔천사가 살아 있다면 어떤 상황이 벌어질지 모두 곰곰이 생각에 잠긴 표정이다.

화운룡이 침묵을 깨고 조용하게 말했다.

"만약 사부님께서 살아 계신다면……."

모두의 시선이 그에게 집중됐다.

"사신천가는 사부님의 명을 받들어야 할 거야."

다들 그가 그런 말을 할 것이라고 짐작했지만 막상 그 말을 그의 입을 통해서 직접 들으니까 백호뇌가 사람들은 착잡한 표정을 지었다.

홍예가 뾰족하게 외쳤다.

"그래도 나는 용랑을 따를 거야!"

백호뇌가 사람들 모두 홍예와 같은 심정이지만 선대 천제인 솔천사가 살아 있는 것이 확인되고 그가 천외신계와 전쟁을 선포하여 사신 출동을 명령한다면 거기에 따를 수밖에 없다는 사실을 잘 알고 있었다.

홍예는 당장 그런 일이 벌어지기라도 할 것처럼 속을 태우다가 염교교의 손을 잡았다.

"엄마… 이대로 가만히 있을 거예요?"

염교교 역시 화운룡하고 헤어지기 싫은 마음이 홍예보다

더하면 더했지 못하지 않다.

그녀는 장장 오십칠 년 동안 화운룡 곁에서 그를 어머니나 누이처럼 보살폈다.

문득 홍예는 장하문이 빙그레 미소 짓고 있는 모습을 발견하고 발끈 화를 냈다.

"하룡은 왜 웃는 거지? 고소해서 그래?"

백호뇌가 사람들이 착잡한 표정을 짓는 것과는 달리 장하문과 보진은 느긋했다.

두 사람은 솔천사의 생사에 관계없이 화운룡 곁을 떠나지 않아도 되기 때문이다.

장하문은 술잔을 집어 입으로 가져가 술을 마시는 척하면서 홍예에게 전음을 보냈다.

[내게 좋은 방법이 있소.]

홍예는 의아한 표정으로 전음을 보냈다.

[무슨 방법?]

[그대가 주군 곁에 계속 남을 수 있는 방법 말이오.]

홍예는 반색했다.

"하룡, 어서 말해줘!"

그녀는 기쁜 나머지 자신들이 전음 중이었다는 사실을 잊고 큰 소리로 외쳤다.

그러나 장하문은 어깨를 으쓱하며 너스레를 떨었다.

"뭘 말이오?"

척!

문이 열리고 옥봉이 들어서자 모두의 시선이 일제히 그녀에게 집중되었다.

"아……."

백호뇌가 사람들은 옥봉을 보는 순간 자신도 모르게 자리에서 일어서며 찬탄을 금하지 못했다.

옥봉은 아직 십칠 세지만 이미 천하제일의 미녀로서의 자태를 지니고 있었다.

여북하면 평소에 자기가 세상에서 제일 아름답다고 우쭐거리던 홍예조차도 옥봉 앞에서의 자신은 한없이 초라할 뿐이라는 생각이 들 정도였다.

옥봉이 창천의 호위를 받으면서 사뿐사뿐 걸어 들어오는데도 백호뇌가 사람들은 정신이 나가 있는 상태라서 아무도 예를 취하지 않았다.

장하문과 보진이 공손히 허리를 굽혔다.

"공주님."

그 바람에 백호뇌가 사람들은 화들짝 놀라서 우르르 옥봉 앞으로 달려 나가 바닥에 부복했다.

"주모(主母)를 뵈옵니다."

옥봉은 방그레 미소를 지으며 우아하게 말했다.

"일어나세요."

옥봉은 화운룡에게 다가가며 사근거리는 목소리로 물었다.

"용공, 이들은 누구죠?"

화운룡은 미소 지으며 대답했다.

"미래의 내 수하들이야."

"아……."

화운룡에 대해서라면 모르는 것이 없는 옥봉은 살짝 고개를 숙이며 화사한 미소를 지었다.

"잘 부탁해요."

백호뇌가 사람들은 화들짝 놀라서 다급히 허리를 굽혔다.

"그… 그런 말씀 하지 마십시오, 주모……!"

술자리의 중심인물은 단연 옥봉이다.

백호뇌가 사람들은 처음에 옥봉의 아름다움에 감탄했으나 화운룡 옆에 다소곳이 앉아서 그의 시중을 들며 간혹 한마디씩 대화에 끼어들 때의 그녀를 보고는 그녀가 지닌 아름다움은 단지 겉모습일 뿐이고 그녀의 진정한 아름다움은 내적인 것에 있다는 사실을 깨달았다.

옥봉이 무슨 대화를 하든 추호의 막힘이 없으면서도 톡톡 끼어들지 않고 묻는 말에만 사근사근 바다 같은 지식을 쏟아내는 터라 좌중을 사로잡고도 남았다.

또한 옥봉은 마치 수십 년 동안 화운룡과 함께 살면서 내조를 해온 사람처럼 행동했다.

그래서 백호뇌가 사람들은 화운룡이 천하의 일에 관여하지 않고 평범하게 살려고 하는 이유를 십분 이해했고 마음으로 나마 그와 옥봉을 응원하려는 마음이 샘솟았다.

그런 모습을 보면서 화운룡은 천하에서 옥봉을 싫어하는 사람은 한 명도 없을 것이라는 생각이 들었다.

그때 문밖에서 도도의 목소리가 들렸다.

"주군, 천지당 내당주 막화가 왔습니다."

"들여보내라."

비룡은월문 내에서 정보 수집과 연락망 등을 담당하고 있는 천지당의 내당주 막화가 왔다면 뭔가 중요한 일을 보고하려는 것이 분명하다.

문이 열리고 막화가 들어서더니 실내의 상황을 보고는 움찔 놀라 그 자리에 무릎을 꿇었다.

"주군, 급한 보고입니다."

천지당 내당주인 막화는 비룡은월문 안팎의 정보에 대해서 만큼은 모르는 것이 없다.

그런 그가 화운룡 옆에 다소곳이 앉아 있는 소녀가 정현왕의 금지옥엽인 황천공주 천봉가인 주옥봉이라는 사실을 모를 리가 없었다.

한때 화운룡이 잠룡이었던 시절에는 막화의 도움을 여러 차례 받아서 그와 호형하는 사이가 됐지만, 이제 막화로서는 감히 쳐다보지도 못할 높은 곳에 화운룡이 올라가 있다.

"가까이 와라."

막화가 무릎을 꿇은 채 엉금엉금 기어오는 것을 보고 화운룡이 벌떡 일어나 그에게 다가가서 일으켰다.

"막화, 나한테는 이러지 않아도 된다. 일어나라."

"주군……."

화운룡은 막화의 어깨를 두드렸다.

"네가 변하지 않았다면 나도 변한 게 없으니까 예전처럼 편하게 대해라."

막화는 흔들리는 눈빛으로 화운룡을 바라보다가 이윽고 고개를 끄떡였다.

"알겠습니다."

우두두두둑!

비룡은월문 성문을 나선 화운룡 일행은 해룡상단의 배로 동태하를 건너는 즉시 대기하고 있던 말을 타고 서쪽을 향해 질풍처럼 내달렸다.

황진을 일으키며 달리고 있는 인마(人馬)의 수는 백삼십여

기에 달했다.

화운룡과 장하문을 비롯한 십오룡신과 막화, 백호뇌가 사람 다섯 명, 그리고 비룡은월문 비룡검대와 해룡검대 백이십명이 처음으로 출동했다.

막화의 보고에 의하면, 태주현에서 서쪽 육십여 리쯤의 평야 지대에서 많은 수의 무림인들이 쫓기고 있으며, 그들 중에는 도사들과 여승들이 섞여 있고 그 수가 약 이백오십여 명이라고 했다.

또한 그들을 추격하는 무리는 정체를 알 수 없는 사백여 명의 고수들인데, 놀라운 일은 태극신궁 고수 삼백여 명이 달려와서 정체불명의 고수들과 합세하여 추격대를 형성했다는 사실이다.

그뿐이 아니라 강소성 남쪽 지방의 중소방파와 문파들에서 고수들이 쏟아져 나와 추격대에 합류했는데 그 수가 삼백여명에 달한다는 것이다.

막화의 보고를 종합해 본 화운룡의 추측은 이렇다.

처음에 하남성 남쪽 지방이나 호북성 동쪽 지방에 있는 문파가 천외신계의 공격을 받았다.

천마혈계가 정식으로 발동되기도 전에 천외신계의 표적이 될 정도라면 제법 쟁쟁한 문파일 것이다.

이후 어떤 경로를 통해서 여승들과 도사들이 위험에 빠진 문파를 도우려고 달려왔다.

그러나 천외신계의 공격이 워낙 막강해서 수세에 몰린 문파의 생존자들과 여승, 도사들은 도주를 하게 된다.

천외신계에게 쫓긴 생존자들과 여승, 도사들은 안휘성으로 들어왔다가 태극신궁에게 쫓기게 되어 많은 희생자를 내고 남쪽으로 방향을 틀어 강소성으로 향했다.

그런데 도망자들이 강소성 서쪽으로 들어서자마자 강소성 남쪽 지방의 천외신계에게 장악된 방파와 문파들에서 쏟아져 나온 고수들이 그들을 기다리고 있다가 덮쳤다.

화운룡의 추리가 맞는다면 태극신궁은 천외신계에 완전히 장악된 것이 분명하다.

그렇기 때문에 공공연하게 고수들을 파견하여 천외신계를 도울 수 있었다.

어쨌든 상관없다.

일전에 화운룡은 비룡은월문을 중심으로 백 리 이내를 평화 지역으로 만들겠다고 선언했다.

도망자들이 동남쪽으로 도주하고 있기 때문에 강소성 남쪽 지역으로 점점 더 깊숙이 들어오고 있는 상황이다.

그것은 곧 화운룡이 정해놓은 평화 지역 안으로 더 깊숙이 들어오고 있다는 뜻이다.

만약 그들을 막지 않고 이대로 내버려 둔다면 외부의 천외신계 고수들과 안휘성의 태극신궁, 그리고 천외신계에 협조하고 있는 방파와 문파의 고수들이 화운룡이 정한 평화 지역을 핏물로 씻을 것이다.

*   *   *

한밤중 야트막한 야산을 등진 드넓은 평야의 끝자락에 모닥불이 타오르고 있었다.

화운룡과 장하문, 보진, 백호뇌가 사람들이 모닥불 주위에 둘러앉아서 캄캄한 평야를 바라보고 있었다.

아까부터 말끄러미 화운룡을 응시하고 있던 홍예가 궁금하다는 듯 물었다.

"주군, 선대 천제께는 언제 갈 건가요?"

홍예는 줄곧 그것에 대해서 생각하고 있었던 모양이다. 그녀에겐 그것이 최대 관심사다.

화운룡은 불빛에 반사된 얼굴에 빙긋 미소를 지었다.

"여기 일이 정리되는 대로 다녀올까 한다."

"괄창산인가요?"

옆에 앉은 염교교가 일깨워 주었다.

"거긴 선대 천제께서 돌아가신 곳이야. 돌아가시지 않았다면 거기에 계실 리가 없지."

"아……."

푸드득…….

그때 밤하늘에 새 날갯짓하는 소리가 들렸다.

모닥불에서 몇 장 떨어진 곳에 앉아 있던 막화가 밤하늘에 대고 비둘기 울음소리를 냈다.

"구우우… 구우……."

그러자 기다렸다는 듯이 검은색의 전서구 한 마리가 하강 하더니 막화가 내민 팔에 내려앉았다.

막화는 전서구 발목의 전통에서 돌돌 말린 전서를 꺼내 공손히 화운룡에게 내밀었다.

화운룡은 진지한 얼굴로 전서를 펼쳐서 읽더니 장하문에 게 주며 말했다.

"도주하는 무리가 곧장 이쪽으로 오고 있으며 십 리 거리 라는 보고다."

홍예가 야산을 가리키면서 얼굴을 찌푸렸다.

"여기까지 오면서 보니까 야산 너머는 장강이던데 그들은 어쩌려고 강으로 곧장 달려오는 거죠? 강물로 뛰어들어서 자살하려는 것은 아닐 테고."

장하문이 일깨워 주었다.

"그건 추격자들의 작전일 것이오. 도망자들을 세 방향에서 장강 쪽으로 몰고 있는 것이 분명하오. 도주하는 그들인들 앞쪽에 장강이 있는 줄 모를 것 같소?"

"그런가?"

홍예는 떨떠름한 표정으로 장하문을 쳐다보았다.

아까 술을 마시다가 장하문이 그녀에게 솔천사가 살아 있다고 해도 화운룡 곁에 계속 머무를 수 있는 방법이 있다고 전음을 했는데 아직 그 방법을 듣지 못했기 때문에 홍예는 애가 탈 대로 탔다.

화운룡이 지시했다.

"반각 후에 출발한다."

"알겠습니다."

장하문은 고개를 숙이고 나서 비룡검대주 감형언과 해룡검대주 조무철을 불렀다.

*　　　　　*　　　　　*

쏴아아…….

누렇게 색이 변하고 있는 평원의 키 큰 풀을 가르며 일단의 무리가 길게 띠를 이루어 달려오고 있었다.

"헉헉헉……."

"허억… 하아… 하아……."

지친 기색이 역력한 그들은 도검을 휴대한 무림인들이며 달리면서 거친 숨을 토해냈다.

이들이 마지막으로 휴식을 취한 것은 두 시진 전이다. 이후 백여 리를 한 번도 쉬지 않고 죽을힘을 다해서 도주하고 있는 중이다.

그 백 리 동안 추격자들과 세 번의 치열한 싸움을 벌였으며 그 결과 삼십여 명의 동료를 잃었다.

도주하는 무리의 선두를 이루고 있는 사람들은 도사와 여승 오십여 명이다.

그 뒤쪽 칠팔 장쯤 거리에서 무림인들이 긴 띠를 이루어 따르고 있는데 그들은 여승이나 도사들보다 훨씬 더 기진맥진한 모습이다.

그때 선두의 도사들 중에 한 명의 중년 도사가 몇 걸음 앞의 여승에게 말했다.

"이대로 무작정 도주만 할 수는 없는 일이오. 뭔가 대책을 세워야 하오."

삼십 대 초반의 나이에 승모(僧帽)를 쓴 무척이나 아름다운 미모를 지닌 여승도 지쳤는지 달리는 것을 멈추지도 뒤돌아보지도 않은 채 말했다.

"소운자께서 좋은 계획이 있으면 알려주세요."

청성파의 이장로인 소운자(素雲子)는 씁쓸한 표정을 지었다.

"좋은 계획이 없기 때문에 의논을 하자는 것이오."

"달리는 것을 멈추는 순간 천외신계 무리에게 덜미를 잡힐 테니까 달리면서 의논을 해요."

아미파 이장로인 혜오신니의 황색 가사는 여기저기 찢어지고 흙이나 오물이 묻어서 더러웠다.

혜오신니만이 아니라 소운자와 다른 도사 여승들도 다들 마찬가지 모습이다.

소운자가 좀 더 속도를 내서 혜오신니와 나란히 달리면서 얼굴을 찌푸리며 말을 이었다.

"아까 마지막 싸움과 그 이전의 싸움 두 번은 뭔가 이상하지 않았소?"

"그래요. 그들은 우리를 기다리고 있었어요. 빈니도 그걸 이상하게 여기고 있었어요."

"그렇소. 그들의 복장은 호북에서부터 우리를 추격했던 천외신계하고는 달랐소. 아니, 다른 것은 복장만이 아니라 여러 면에서 천외신계와 다른 것 같았소."

혜오신니는 달리면서 크고 맑은 눈을 깜빡거리며 잠시 생각하고 나서 말했다.

"혹시 천외신계에 협력하는 자들이 아닐까요?"

소운자는 말도 안 된다는 표정을 지었다.

"여기 강소성 남쪽 지방에 천외신계에 협력하는 방파나 문파가 있다는 말이오?"

"그렇게밖에는 생각할 수가 없을 것 같군요."

소운자는 강하게 반박했다.

"여긴 중원도 뭣도 아닌 강소성의 시골 촌구석이오. 천외신계가 이런 곳까지 손을 뻗쳤을 리가 없소."

예로부터 중원이란 하남을 중심으로 사방 천여 리 일대를 일컬었다. 그러니까 강소성 남쪽 지방은 중원의 변방이라고 할 수가 있다.

호북성을 대표하는 대문파는 두 곳이며 바로 무당파와 호북연세가(湖北連勢家)라고 할 수 있다.

소림사와 더불어서 무림의 태산북두인 무당파는 따로 설명할 필요가 없으며 같은 의미에서 호북연세가도 그렇다.

중원 무림의 각 지역을 대표하는 여덟 개의 세가(勢家)가 있으며 그들을 무림팔대세가라고 하는데 호북의 연세가가 거기에 속한다.

춘추구패가 몇십 년 사이에 생긴 세력 위주의 집단이라고 한다면, 무림팔대세가는 길게는 천 년, 짧게는 삼백 년의 유구한 역사를 지닌 한 지방의 터줏대감 같은 대문파다.

칠 일 전, 천하제일의 정보망을 지닌 개방은 천외신계가 수일 사이에 호북연세가를 습격할 것이라는 긴급한 정보를 입수했다.

개방은 호북연세가에서 가장 가까운 곳에 있는 구림육파(救

林六派)의 세력을 수소문했다.

그 결과 아미파의 혜오신니와 청성파의 소운자가 소수의 제자들과 함께 하남성 남쪽의 어느 장원에 머물고 있다는 정보를 입수하고 즉각 그들에게 호북연세가를 도우라는 전서구를 띄웠다.

'구림육파'라는 것은 아직 천외신계에게 공격당하지 않은 구파일방 중에 여섯 개의 문파를 가리키는데, 곧 소림사와 아미파, 화산파, 곤륜파, 청성파, 개방이다.

'구림육파'는 장차 무림을 구하겠다는 그들의 강한 의지가 표명된 임시 명칭이다.

혜오신니와 소운자는 각각 이십 명과 사십 명의 제자를 이끌고 호북연세가를 도우려고 한달음에 달려갔다.

그러나 천외신계의 공격은 최고조에 달해 이미 호북연세가는 돌이킬 수 없을 정도로 패색이 짙었다.

그 상황에서 혜오신니와 소운자가 할 수 있는 일이라곤 호북연세가의 생존자들을 이끌고 그곳을 탈출하여 도주하는 것뿐이었다.

그것이 바로 칠 일 전에 일어났던 일이며 이들은 호북연세가에서 이곳까지 천오백여 리에 달하는 거리를 칠 일 동안 악전고투하면서 도주한 것이다.

마지막으로 이들을 공격했던 무리는 강소성 남쪽 지방, 즉 남경 인근의 천외신계에게 장악된 숭무문을 비롯한 다섯 개 방파와 문파에서 파견한 삼백여 고수였다.

숭무문 등은 앞에서 기다리고 있다가 공격했으며, 혜오신니 등은 기진맥진한 상태라서 변변하게 싸워보지도 못하고 방향을 틀어 이쪽 방향으로 도주했다.

그리고 그 전에 이들을 공격한 무리는 태극신궁 고수들이었으며 북쪽에서 남하하여 측면을 공격했다.

혜오신니와 소운자 등은 그들이 누군지조차도 모르고 있는 상황이라서 황망하기가 짝이 없다.

그때 앞쪽에 척후로 갔던 소운자의 제자 두 명이 마주 달려오며 낮게 외쳤다.

"사부님, 멈추십시오."

"왜 그러느냐?"

"앞쪽은 강입니다. 이곳에서 칠팔백 장만 가면 강이 앞을 가로막고 있습니다."

젊은 두 도사는 거칠게 숨을 몰아쉬었다.

혜오신니와 소운자 등은 달리는 것을 멈추고 낙담한 표정을 지었다.

"얼마나 큰 강이냐?"

"밤이라서 잘 모르겠지만 일견하기에도 바다처럼 거대한 강이었습니다."

"장강인 것 같군요."

혜오신니 얼굴에 착잡함이 떠올랐다. 남행을 계속하면 장강이 나올 것이라고 예상했었지만 이렇게 빨리 장강에 당도할 줄은 몰랐다.

혜오신니와 소운자 등이 멈추자 뒤따르던 호북연세가의 고수들이 줄지어서 도착하여 멈추었다.

"무슨 일입니까?"

연세가의 생존자들을 이끌고 있는 두 명의 소가주 연림(連琳)과 연오(連悟) 남매가 지친 기색이 역력한 모습으로 가쁜 숨을 몰아쉬며 물었다.

소운자가 씁쓸하게 대답했다.

"앞쪽에 장강이 나타났네."

연씨 남매는 크게 놀라는 표정을 짓더니 곧 누나인 연림이 눈을 빛내면서 말했다.

"그렇다면 강을 건널 배를 구해야 하지 않겠어요?"

"한밤중에 어디에서 배를 구한다는 말인가? 더구나 여긴 포구도 아닌데 말이야."

쉽게 포기하는 성격이 아닌 듯한 연림이 주먹을 쥐고 모두에게 용기를 불어넣듯이 말했다.

"어쩌면 이것은 위기가 아니라 기회가 주어진 것일지도 몰라요. 배를 구해서 강을 건너기만 하면 추격대에게서 벗어날

수가 있어요."

더구나 연림의 말은 다분히 설득력이 있어서 방금 전까지 절망했던 혜오신니와 소운자의 마음을 움직였다.

연림은 이곳까지 오는 동안 여러 차례나 특유의 밝고 긍정적이며 진취적인 성격으로 지치고 절망에 빠진 일행을 독려하여 이곳까지 오도록 이끄는 데 큰 도움을 주었다.

혜오신니는 그런 연림을 잠시 응시하면서 그녀와 매우 닮았던 예전 자신의 제자 한 명을 문득 생각했다.

혜오신니와 소운자 등은 착잡한 표정으로 넘실거리는 검푸른 강물을 내려다보았다.

도망자 이백십여 명은 높은 강 언덕 위에 길게 늘어서서 절망적인 표정을 짓고 있었다.

매사에 희망을 잃지 않는 연림이지만 이때만큼은 너무도 기가 막힌 표정을 지은 채 아무런 말도 하지 못했다.

아무리 공력을 극한으로 끌어 올려서 주위를 둘러봐도 강을 건너게 해줄 배는커녕 인가조차 보이지 않았다. 그저 어둠만이 가득할 뿐이다.

캄캄한 한밤중이라고 해도 팔십 년 공력의 혜오신니가 공력을 끌어 올려서 안력을 돋우면 백 장까지 환하게 볼 수 있는데 얼마나 강폭이 넓은지 맞은편이 보이지도 않았다.

참고로 이 지역 장강의 강폭은 평균 이백 장 수준이다.

언덕 위에 도망자 이백십여 명이 여기저기 주저앉거나 누워서 어쩔 수 없이 찾아온 휴식을 취하고 있는데 말 그대로 패잔병이 따로 없는 광경이었다.

지쳤더라도 가던 길을 계속 가야 무너지지 않는 법인데 이렇게 막바지에 몰려서 다들 쓰러져 있으니 다시 일어나서 도주를 하는 것도 여의치 않게 돼버렸다.

더구나 도망자 이백십여 명 중에 호북연세가의 고수 절반 정도가 부상을 당한 상황이다.

헤오신니는 제아무리 절망적인 상황에 처하더라도 희망을 잃지 않고 사람들을 위로하면서 여기까지 왔지만 이번만큼은 온몸의 힘이 빠졌다.

맨 뒤 후방에서 추격대를 감시하던 호북연세가의 고수 두 명이 달려와서 연림과 연오 남매에게 보고했다.

"적들이 이십 리까지 다가왔습니다."

이십 리면 늦어도 반시진 안에 들이닥칠 것이다.

"수는 어느 정도냐?"

"대략 육백 명 정도였습니다. 그들은 우리를 두 번째와 마지막에 공격했던 자들이었습니다."

추격대 육백 명이 들이닥치면 보나마나 이곳의 도망자들이 전멸당할 것은 명약관화한 사실이다.

혜오신니와 소운자, 연림, 연오 남매, 호북연세가의 두 명의 당주가 모여서 현 상황에 대해서 의논했다.

소운자가 침중하게 말했다.

"배수진을 치고 결사 항전 하는 수밖에 없소."

혜오신니는 대답하지 않고 뭔가 더 좋은 방법을 궁리하느라 지그시 눈을 감고 있었다.

호북연세가의 가주는 본 가에서의 싸움에서 장렬하게 전사를 했으며 그때 이후 이십삼 세의 연림이 당차게 연세가를 이끌고 있다.

소운자는 혜오신니를 보며 타이르듯이 말했다.

"시간이 없으니까 서둘러 작전을 짭시다."

그는 혜오신니가 지금 같은 절박한 상황을 인정하지 않고 쓸데없이 시간을 허비하는 것을 에둘러서 꾸짖었다.

"설마 가만히 앉아 있다가 놈들이 들이닥치면 목을 늘어뜨리자는 것은 아니겠지요?"

"이 근처에 사해검문이 있어요."

혜오신니가 눈을 뜨며 말하자 연림이 쓸쓸하게 대답했다.

"강소성 남쪽 지방의 패자인 사해검문은 남경에 있어요. 거길 가려면 장강을 건너야 해요."

기껏 생각해 낸 것이 물거품이 되자 혜오신니는 더 이상 할 말이 없는 표정을 지었다.

연림은 소운자에게 공손히 말했다.

"싸울 수 있는 사람을 선별하고 부상자는 은밀한 곳에 숨겨 놔야겠어요."

소운자가 고개를 끄떡이자 연림은 동생 연오를 데리고 수하들이 있는 곳으로 걸어갔다.

第八章

대승을 거두다

　정탐을 나갔던 호북연세가의 고수 두 명이 돌아와서 연이어 보고했다.

　"천외신계 고수 삼백여 명이 서쪽에서 이곳으로 빠르게 접근하고 있습니다."

　강 언덕 위에 서 있는 사람들은 아미파 혜오신니와 제자들, 그리고 소운자와 제자들, 연림과 연오를 비롯한 호북연세가의 고수, 도합 팔십오 명이다.

　"다른 육백여 명은 둘로 나뉘어서 북쪽과 동쪽에서 접근하고 있으며 늦어도 일각 혹은 이각 안에 이곳에 도달할 것 같습니다."

등지고 있는 강의 남쪽을 제외하고 서쪽과 북쪽, 동쪽에서 추격대가 포위망을 좁혀오고 있다.

"내려갑시다."

그렇게 말하고는 소운자가 강 언덕 아래 평원으로 훌쩍 몸을 날려 내려갔다.

강 언덕 위에 서 있으면 멀리에서도 쉽게 눈에 띄기 때문에 언덕 아래에 내려가 있는 것이 싸우기에 좋다.

아직 싸울 여력이 조금이나마 남아 있는 팔십오 명은 천천히 언덕 아래 평원으로 내려갔다.

그리고 그곳에서 각자 무기를 뽑아 움켜쥐고 우뚝 서서 전방을 무섭게 쏘아보았다.

숨어 있다가 급습을 한다든가 이런저런 작전 같은 것은 아예 짜지도 않았다.

그저 이러고 있다가 추격대가 들이닥치면 사력을 다해서 싸우는 것이 작전이라면 작전이다.

너무 지친 나머지 작전을 짠다는 것도 귀찮기 짝이 없다. 그저 될 대로 되라는 식이다.

연림은 나름대로 치밀한 작전을 구상하려고 애쓰고 있지만 아미파와 청성파의 장로들 앞에서 어린 자신이 너무 나대는 것 같아서 꾹 참았다.

그때부터 아무도 입을 열지 않았다.

입을 열기만 하면 욕이라도 한 바가지 쏟아져 나올 것 같은 우울하고 무거운 분위기다.

*　　　　*　　　　*

서쪽에서 빠른 속도로 추격하고 있는 천외신계 고수는 정확하게 삼백십팔 명이었다.

오십 명씩 여섯 개 무리가 길게 대열을 이루고 동남쪽으로 빠르게 달리고 있었다.

이대로 오 리 정도만 더 가면 장강에 막혀서 어쩔 줄 모르고 있는 도망자들을 덮치게 될 것이다.

각 대열의 간격은 삼십 장이고 여섯 개 무리 선두에서 후미까지는 삼백오십 장에 달했다.

이것은 다수의 인원이 먼 곳을 이동할 때 자주 사용하는 대열의 형태다.

선두의 제일대 오십 명은 일정한 속도를 유지한 상태에서 한 무더기가 되어 달리고 있었다.

이들은 천외신계 최하급인 녹성고수들로서 한 명의 양녹성 고수가 선두에서 이끌고 있다.

푸드득…….

투우…….

그때 풀숲에 숨어 있는 한 마리 새가 놀라서 밤하늘로 날아오르는 것과 동시에 팽팽하게 당겼던 줄이 끊어지는 듯한 음향이 들렸다.

그러자 달리던 녹성고수들 중에 몇 명이 고개를 돌려 의아한 얼굴로 좌우를 쳐다보았다.

음향이 크지 않았고 경계할 정도로 날카롭지 않아서 다들 무심하게 듣고 넘기는 듯했다.

그러고는 녹성고수들이 이제껏 여기까지 오면서 들었던 무심한 바람 소리보다 조금 더 큰 소리가 허공중에 흘렀다.

솨아아…….

녹성고수들의 양쪽 측면에서 새카맣고 가느다란 물체들이 엄청 빠른 속도로 쏘아 오고 있지만 육안으로 잘 보이지 않았으며 설혹 봤다고 해도 그 속도가 지나치게 빨라서 무엇인지 확인하는 것은 불가능했다.

다음 순간 물에 젖은 가죽을 젓가락으로 두드리는 듯한 소리가 한꺼번에 터졌다.

투투투투툭! 퍼퍼퍽!

"헉……!"

"끅…….'

"컥…….'

그러고는 놀라운 일이 벌어졌다.

제일대 오십 명의 녹성고수가 단 한 명도 남김없이 답답한 신음 소리를 내면서 달리던 자세 그대로 모조리 거꾸러지며 아수라장이 벌어졌다.

투다다닥! 쿠쿠쿵!

그들은 한꺼번에 쓰러져서 풀숲에 나뒹굴더니 온몸을 뒤틀면서 괴로워하거나 몸을 부들부들 애처롭게 떨어대면서 신음을 흘렸다.

"끄으으……."

"어으윽……."

"끄아아……."

쓰러져서 버둥거리는 오십 명의 몸에는 한결같이 새카만 흑색의 화살 흑전(黑箭)이 두 발씩 꽂혀 있었다.

흑전은 거의 대부분 녹성고수들의 머리나 목, 가슴 등 급소에 두 발씩 꽂혔으며 더러 빗나간 듯한 몇 발은 복부나 옆구리에 꽂히기도 했다. 특이한 것은 하체에 꽂힌 흑전이 한 발도 없다는 사실이다.

또한 이들 오십 명 중에서 흑전을 한 발만 맞은 자가 한 명도 없으며 세 발 맞은 자도 없다. 오십 명 전원이 똑같이 흑전을 두 발씩 몸에 꽂혔다.

한 발도 아니고 두 발이니까 화살을 머리나 상체에 맞으면 거의 죽거나 살아도 회생 불능의 상태가 된다.

사실 흑전은 회천궁이라는 강궁에서 발사된 천하에 짝을 찾기 어려운 강력한 화살인 무령강전이다.

일단 발사되면 실수가 없는 무령강전이며 쇠나 바위에도 꽂히는 무시무시한 위력이기 때문에 녹성고수의 몸통을 관통하는 것은 하등의 문제가 없다.

십여 장 이상의 거리 우거진 풀숲에서, 그것도 어두운 한밤중에 빠른 속도로 달리는 자들을 향해 발사한 백 발의 무령강전들이 녹성고수들을 한 명도 남김없이 쓰러뜨렸다는 것은 놀라운 일이다.

사사사사—

그때 양쪽 풀숲에서 두 무리의 검은 인영들이 두 번째 녹성고수 대열, 즉 제이대를 향해 빠르게 달려갔다.

쓰러져서 이미 죽었거나 버둥거리고 있는 제일대는 거들떠보지도 않았다.

그리고 또 한 무리의 도검을 쥔 검은 인영 이십여 명이 풀숲에서 튀어나와 쓰러진 녹성고수들 중에서 버둥거리는 자들의 숨통을 가차 없이 끊어버렸다.

그리고는 그들은 방금 검은 인영들이 달려간 두 번째 녹성고수 제이대를 향해 쏜살같이 달려갔다.

투투투툭! 퍼퍼픽!

"끄윽……!"

"커흑!"

어둠 속에서 두 번째로 젖은 가죽을 두드리는 소리와 답답한 신음 소리가 동시에, 그리고 한꺼번에 나지막이 울려 퍼졌다가 뚝 끊어졌다.

제이대 오십 명의 녹성고수도 단 한 명 남김없이 백 발의 무령강전에 급소가 꽂혀서 나뒹굴었다.

이들 오십 명을 향해서 무령강전을 발사한 것은 다름 아닌 비룡검대와 해룡검대 백 명이다.

백 명의 비룡검사와 해룡검사들이 양쪽으로 나누어서 오십 명씩 녹성고수 오십 명에게 무령강전을 한 발씩 쏘기 때문에 절대로 피하지 못하는 것이다.

그러고는 무령강전을 발사한 백 명의 비룡검사와 해룡검사들이 다음 녹성고수들을 향해서 이동하면, 이십 명의 해룡검사들이 바람처럼 나타나서 아직 죽지 않은 녹성고수들의 숨통을 끊어버리는 것이다.

비룡검대와 해룡검대는 녹성고수 세 번째 대열 제삼대까지는 무난하게 전멸시켰다.

녹성고수 오십 명 하나의 대열을 비룡검대와 해룡검대 백이십 명이 눈 깜짝할 사이에 죽이는 데에는 불과 다섯 호흡 정도 걸렸을 뿐이다.

풀숲에 은둔한 상태에서 보통 화살도 아닌 무령강전을 한꺼번에 백 발을 발사하는 것을 앞으로 달리기만 하고 있는 오십 명의 녹성고수가 피할 재간은 없다.

설혹 녹성고수들이 아직 숨이 붙어 있다고 해도 이십 명의 해룡검사들이 깔끔하게 뒤처리를 했다.

그렇지만 문제는 지금처럼 조용한 밤중에 아무리 작은 비명과 신음 소리라고 해도 꽤 멀리 퍼져 나갔다는 사실이다.

비록 작은 소리지만 주위는 쥐 죽은 듯이 조용하고 각 대열 사이의 삼십 장이라는 거리는 그리 멀지 않으며 녹성고수쯤 되면 그 정도 소리는 충분히 감지할 수 있다.

녹성고수 제사대는 앞쪽에서 들려오는 비명과 신음 소리를 감지하고 달리는 것을 정지한 후 전방을 잔뜩 경계하면서 무기를 뽑아 쥐고 천천히 전진했다.

그런데 바로 그때, 갑자기 제사대의 뒤쪽 어둠 속에서 어지러운 비명 소리가 폭죽처럼 터졌다.

"흐악!"

"와윽!"

"크아악!"

한꺼번에 수십 명이 터뜨리는 처절한 비명 소리다. 눈으로 보지 않아도 뒤쪽에서 달려오고 있는 제오대나 제육대의 녹성고수들이 내는 비명 소리가 분명하다.

사실 그것은 화운룡을 비롯한 십오룡신과 백호뇌가 고수들이 맨 뒤의 여섯 번째 대열 제육대의 배후에서 유령처럼 접근하여 급습했기 때문이다.

제사대의 녹성고수 오십 명은 흠칫하면서 일제히 뒤를 돌아보았다.

그 순간 양쪽 측면에서 백 발의 무령강전이 발사됐다.

투우우…….

제사대 오십 명의 녹성고수 중에서 무령강전이 발사되는 소리를 들은 사람은 절반 정도지만 그것을 이상하다고 생각한 것은 단지 몇 명뿐이다.

그렇지만 그들 몇 명 중에서 행동을 취한 자는 아무도 없다. 행동을 취한다고 해도 달라지는 것은 없겠지만 말이다.

보통 화살보다 세 배 빠른 무령강전 백 발이 전혀 무방비 상태인 제사대를 휩쓸었다.

투투투타탁! 퍼퍼퍼퍽!

"큭……."

"끄윽……."

제사대 오십 명은 자신들이 무엇에 당하는지도 모르고 썩은 짚단처럼 맥없이 픽픽 쓰러졌다.

무령강전을 발사한 백 명의 비룡검사와 해룡검사들은 제사대는 조금도 신경 쓰지도 않고 다음 먹잇감인 제오대를 향해 유령처럼 쏘아 갔다.

그리고 이십 명의 해룡검사들이 칼날을 번뜩이면서 제사대의 녹성고수들을 확인 사살 했다.

화운룡은 보진과 천옥보갑에 들어가 일체가 된 상태에서 천외신계 고수들을 닥치는 대로 주살했다.

조금 전 그가 죽인 맨 뒤쪽의 인물들 속에는 한 명의 삼녹성고수와 두 명의 양녹성고수가 섞여 있었다.

삼녹성고수는 이들 천외신계 삼백여 명의 우두머리이며 양녹성고수는 삼녹성고수의 측근이다.

하지만 백칠십오 년의 심후한 공력을 바탕으로 비룡운검을 전개하는 화운룡의 무황검 앞에서는 삼녹성고수고 나발이고 속절없이 죽어갈 뿐이다.

더구나 평균 백 년 공력인 십오룡신의 무위는 이미 녹성고수들을 훨씬 넘어서는 수준이었다.

십오룡신을 상대하려면 최소한 천 명의 녹성고수를 데려다 놔야 할 것이다.

화운룡으로서는 녹성고수들을 상대하는 데 청룡전광검을 전개할 필요가 없었다.

절세검법인 비룡운검을 전개하면 일초식에 녹성고수 대여섯 명이 퍽퍽 거꾸러졌다.

쉬이익!

제육대에게 들이닥쳐서 순식간에 삼녹성고수와 양녹성고수 두 명, 그리고 이십여 명의 녹성고수를 주살한 화운룡은 대열의 한복판을 꿰뚫으면서 닥치는 대로 주살하며 전방의 제오대로 쏘아 갔다.

그사이에 장하문 등 십사룡신이 제육대를 태풍처럼 휩쓸며 무인지경처럼 녹성고수들을 주살했다.

비룡 전중과 도룡 조연무가 양손을 뻗으면서 흔들자 새파란 빛살 십여 줄기가 흐릿한 꼬리를 만들며 쏘아 나갔다.

슈슈슈우웃!

두 사람의 절기인 비폭도류가 전개되었다.

극성으로 터득하면 한꺼번에 서른여섯 자루의 비도를 발출할 수 있지만 이들은 아직 네 자루밖에 날리지 못한다.

하지만 일단 네 자루가 발출되면 초절고수가 아닌 이상 절대로 피하지 못한다.

스퍼퍼어어…….

"끄으…….'

"커흑…….'

녹성고수 여덟 명은 목과 미간, 얼굴에 비도가 깊숙이 꽂혀

벌러덩 자빠졌다.

숙빈이 새로 지급받은 하룡검을 휘두르며 비폭도류를 전개한 전중과 조연무를 꾸짖었다.

"한꺼번에 너무 많이 죽이면 우리 몫이 없잖아! 비폭도류 그만하라고!"

말이 끝날 때 숙빈은 이미 녹성고수 두 명의 목과 미간을 찌르더니 왼손으로는 파우편(波雨鞭)이라고 이름을 붙인 새로 지급받은 채찍을 꺼내 허공을 갈랐다.

짜아악!

숙빈이 파우편으로 녹성고수 한 명의 목을 감을 때 빠르게 앞으로 전진하고 있는 도도가 날카롭게 외쳤다.

"빈 언니! 검이든 채찍이든 한 가지만 하세요! 내 건 남겨놔야 하는 것 아닌가요?"

도도는 숙빈의 파우편이 녹성고수의 목을 싹둑 자르는 것을 힐끗 보며 입술을 삐죽거렸다.

'흥! 파우린은 내가 빈 언니보다 고강할걸?'

도도는 그것을 증명이라도 하려는 듯 표적으로 삼은 두 명의 녹성고수를 향해 쏘아 가면서 오른손에 쥔 십이 척 길이의 파우편을 날렸다.

화운룡이 해룡상단에게 지시해서 구한 천잠사(天蠶絲)와 북해빙삭(北海氷索)을 섞어 만든 채찍 파우편은 도검에도 잘리지 않고 불에 타지도 않으며 약간의 공력을 주입하면 무쇠를 뚫고 바위를 부순다.

천잠사와 북해빙삭은 매우 귀해서 파우편을 열 개밖에 만들지 못했다.

쐐애액!

퍼퍽!

"크큭!"

"끅……."

그때 도도의 눈앞에서 그녀가 표적으로 삼았던 두 명의 녹성고수의 머리가 홱 옆으로 꺾였다.

어느새 뇌룡 백진정과 화룡 화지연이 피처럼 붉고 긴 창으로 녹성고수들의 머리를 꿰뚫은 것이다.

"정 언니! 연아!"

먹잇감을 뺏긴 도도가 빽 소리치는데 백진정과 화지연은 이미 다른 녹성고수들을 향해 덮쳐가면서 새로 지급받은 혈뢰창(血雷槍)을 뻗고 있다.

우르릉…….

그저 창일 뿐인데 혈뢰창에서 만우뢰가 펼쳐지자 우렛소리가 터져서 마치 백진정과 화지연이 우레를 몰고 다니는 듯한 느낌이 들었다.

감중기와 당검비가 이제 몇 남지 않은 녹성고수들을 향해

독수리가 병아리를 채 가듯 맹렬하게 수중의 은빛의 도를 휘두르면서 껄껄 웃었다.

"핫핫핫! 아가씨들, 싸움은 손으로 하지 입으로 하는 것이 아니라오!"

서걱… 사악……

감중기와 당검비의 초일도는 두 명의 녹성고수 정수리를 세로로 쪼갰다.

＊　　　　＊　　　　＊

화운룡이 녹성고수 제육대 한복판을 뚫고 삼십여 장을 질주하여 제오대에 도착하려는데 그들은 이미 백 발의 무령강전에 꽂혀서 우르르 쓰러지고 있는 중이었다.

녹성고수 제오대는 전방의 제사대와 후방의 제육대가 갑자기 공격을 당하자 우왕좌왕하다가 단 한 명도 남김없이 무령강전의 제물이 되고 말았다.

화운룡은 쏘아 가던 속도를 늦추고 멈추었다.

그때 해룡검사 이십 명이 무령강전을 맞고 쓰러져서 꿈틀거리고 있는 녹성고수 몇 명을 깨끗하게 처리했다.

척!

화운룡이 무황검을 어깨의 검실에 꽂으며 주위를 둘러보자 장하문이 보고했다.

"모두 전멸시켰습니다."

화운룡은 도망자들이 있는 동남쪽을 쳐다보았다.

"지금 상황은 어떤가?"

"태극신궁과 숭무문 등이 도망자들을 덮쳤을 시각입니다."

"배가 제때 도착해서 그들을 구했는지는 모르는 건가?"

장하문은 고개를 가로저었다.

"아직 보고가 없습니다."

그가 말을 끝냈을 때 기다리기라도 한 듯 머리 위에서 푸드득거리는 새의 날갯짓소리가 들렸다.

"구구우우… 우우……."

장하문이 막화에게 배운 구음(鳩音)을 내자 전서구가 하강하여 그의 팔에 앉았다.

전서구 발목의 전통에서 전서를 꺼내 읽은 장하문이 빙그레 미소를 지었다.

"제때 그들을 배에 태웠답니다."

화운룡은 고개를 끄떡였다.

"잘됐군. 이제 마음 놓고 놈들을 때려잡자고."

"알겠습니다."

＊　　　　＊　　　　＊

장강에 한 척의 거대한 상선이 떠 있다.

상선은 불을 모두 끄고 있으므로 강가에서 시력이 좋은 사람이 본다고 해도 마치 하나의 섬으로 착각할 터이다.

갑판에는 혜오신니와 소운자, 연림, 연오 남매를 비롯한 도망자 이백십 명이 타고 있었다.

조금 전까지만 해도 혜오신니 등은 저기 앞쪽에 희미하게 보이는 강 언덕 너머에서 그곳을 무덤으로 여기고 최후의 결사 항전을 벌이려는 각오를 다지고 있었다.

세상천지에 목숨이 아깝지 않은 사람이 어디에 있겠는가.

그렇지만 혜오신니 등 이백십 명은 죽을 수밖에 없는 절망 먹인 상황에 처해 있었다.

옛말에 하늘이 무너져도 솟아날 구멍이 있다고 했지만 이들에겐 바늘구멍만 한 희망마저도 없었다.

그것이 불과 일각 전의 상황이었으며 혜오신니 등은 아직도 자신들에게 일어난 이 기적 같은 상황이 믿어지지 않아서 수군거리며 주위를 두리번거렸다.

조금 전에 혜오신니 등이 결사 항전의 결의를 다지고 있을 때 그들의 뒤쪽 강 언덕에서 누군가 조용한 목소리로 말했다.

"천외신계에게 쫓기고 있는 사람들입니까?"

혜오신니 등이 놀라서 뒤돌아보자 그 사람은 서두르지 않고 자신의 소개를 했다.

"나는 태주현 비룡은월문 사람인데 이곳에 오면 태울 사람들이 있다는 명령을 받았습니다."

혜오신니 등이 갑작스러운 일에 놀라면서도 어리둥절한 표정을 지으며 아무 말도 하지 못하자 그 사람이 이번에는 조금 단호하게 말했다.

"배에 탈 겁니까, 말 겁니까?"

혜오신니 등에게 선택의 여지가 있을 리가 없다.

서둘러서 혜오신니 등을 태운 배는 강가에서 백여 장쯤 물러나 강 한가운데에 멈추었다.

거대한 상선의 뱃사람들은 한 치의 흐트러짐도 없이 일사불란하게 움직이며 자기들 할 일만 묵묵히 하면서도 혜오신니 등에게 아무것도 묻지 않았다.

혜오신니 등이 조금 전까지 자신들이 있던 곳을 응시하고 있는데 한 사람이 다가와서 말했다.

"몇 개의 선실에 따뜻한 차와 음식을 준비했으니까 들어가서 쉬도록 하십시오."

그 사람은 갑판 여기저기에 누워 있는 부상자들을 가리켰다.

"그리고 부상자들을 치료하는 게 좋겠습니다."

소운자가 그에게 물었다.

"시주는 누구시오?"

"비룡은월문 천지당 외당주인 잠송이라고 합니다."

소운자는 의심 어린 표정으로 물었다.

"빈도들이 천외신계에 쫓긴다는 사실과 여기에 있다는 것은 어떻게 알았소?"

잠송은 빙그레 미소 지었다.

"본 문은 다른 것은 몰라도 백 리 이내에서 일어나는 일들은 다 알고 있습니다."

"빈도들을 왜 구한 것이오?"

"주군의 명령입니다."

"당신의 주군은 누구요?"

그때 어디선가 처절한 비명 소리가 바람을 타고 들려왔다.

"흐아악!"

"크아악!"

소운자 등은 움찔 놀라서 비명 소리가 들려온 방향을 쳐다보다가 더욱 놀라고 말았다.

조금 전까지 그들이 있던 곳에서 끊임없이 비명 소리가 터져 나오고 있기 때문이다.

도대체 무슨 일인지 몰라서 경악하고 있는 그들의 귀에 잠송의 조용한 목소리가 들렸다.

"주군께선 당신들을 추격하던 천외신계 졸자들을 소탕하고 계십니다."

혜오신니와 소운자 등은 귀신에게 홀린 듯한 표정으로 강 너머를 망연히 바라보았다.

"아악!"

"도망쳐라! 너무 강하다! 크아악!"

듣는 것만으로도 일방적인 도륙일 것 같은 애처로운 비명 소리는 일각 이상 계속되다가 멈추었다.

그동안 혜오신니 등은 강가를 쳐다보면서 아무도 움직이지 않았다.

피유웃!

비룡은월문 전용의 신호용 화통이 밤하늘로 이십여 장가량 수직으로 솟구쳤다가 밝은 빛을 뿌리는 것을 발견한 잠송은 뱃사람들에게 상선을 강가 가까이 대라고 지시했다.

구우우…….

상선이 닻을 올리고 육중하게 강가로 움직이자 혜오신니 등은 극도로 긴장하여 강가에서 시선을 떼지 못했다.

＊　　　　　＊　　　　　＊

한바탕 싸움이 끝나자 화운룡은 천옥보갑에서 나와 보진

과 분리했다.

상황을 파악하고 달려온 장하문이 보고했다.

"추격하던 무리 천육십다섯 명 모두 주살했습니다."

단 한 명의 생존자도 남기지 않은 몰살이다.

"우리 쪽은 단지 가벼운 부상을 입은 사람이 세 명 있을 뿐입니다."

화운룡은 가까이에 서 있는 비룡검대주 감형언과 해룡검대주 조무철에게 치하했다.

"오늘 비룡검대와 해룡검대는 완벽했다. 수고했다."

감형언과 조무철은 수하들을 이끌고 싸우는 동안 참기 어려운 흥분과 기쁨을 맛보았다.

처음에 비룡검대와 해룡검대의 백 명은 오로지 회천탄만을 사용해서 녹성고수 이백오십여 명을 주살했다.

나머지 이십여 명 역시 무령강전에 맞아서 아직 숨이 끊어지지 않은 무기력한 녹성고수들을 주살했으므로 자신들이 배운 절기는 사용할 기회가 없었다.

모두들 회천탄에 대해서 어느 정도 자신은 있었지만 이 정도로 가공한 위력을 발휘할 줄은 몰랐다.

녹성고수들을 전멸시킨 이후 비룡검대와 해룡검대가 태극신궁과 숭무문 등 육백여 명을 기습 공격할 때에는 이십여 장 거리에서 회천탄 수법으로 적들의 예봉을 꺾어놓는 전술을 발휘했다.

그로 인해서 전체 전력의 팔 할이 한꺼번에 무너졌으니까 예봉이라고 하기에는 무리가 있다.

비룡검대와 해룡검대가 무령강전을 여섯 발씩, 무려 육백 발을 발사하자 적 오백여 명 이상이 거꾸러진 것이다.

내친김에 나머지 백여 명도 회천탄 무령강전으로 끝내 버릴 수 있지만 이 기회에 그동안 연마한 비룡육절을 시험해 보려고 근접전을 펼쳤다.

그 결과 비룡검대와 해룡검대는 겨우 세 명만 가벼운 경상을 입었고 적 백여 명은 깡그리 핏물 속에 묻어버렸다.

태극신궁과 숭무문 등의 고수들은 아예 비룡검대와 해룡검대의 상대가 되지 않았다.

싸움이 끝났을 때 비룡검대와 해룡검대의 사기는 하늘을 찌를 것처럼 드높았다.

그 당시에는 기분만이라도 천외신계가 모조리 덤벼도 이길 것만 같았다.

백호뇌가 사람들은 화운룡과 같이 왔지만 어둠 속에 은신한 상태에서 싸움에 가담하지 않았다.

사신천가는 원래 은둔의 가문이라서 사람들 눈에 띄는 것을 극도로 꺼려한다.

그러므로 화운룡이 위험에 처하거나 싸움이 불리하면 도와

주려고 했는데 전혀 그럴 필요가 없게 되었다.

그래서 백호뇌가 사람들은 있으면서도 없는 듯이 여전히 어둠 속에 도사리고 있는 것이다.

장하문이 감형언과 조무철에게 지시했다.

"두 사람은 수하들과 함께 본 문으로 귀환하도록."

두 사람은 공손히 포권했다.

"명을 받듭니다."

화운룡을 비롯한 십오룡신은 장강을 향해 천천히 언덕을 걸어 올라갔다.

화운룡은 옆에서 걷는 보진의 어깨를 두드렸다.

"애썼다."

보진은 얼굴을 붉혔다.

"제가 한 것도 없는걸요?"

그녀는 화운룡과 일체가 되어 자신의 단전을 그에게 열어준 것밖에 해준 일이 없었다.

언뜻 생각하면 그게 별것 아닌 것일 수도 있지만 사실 큰일이다. 그녀가 아니면 화운룡은 자신의 절기를 전혀 사용할 수 없는 것이다.

그렇다고 해도 화운룡과 천옥보갑 속에서 일체가 되는 일이 너무나도 좋은 보진이다.

더구나 그가 단전에 들어와서 일체가 될 때의 편안한 그 느낌이 너무도 좋았다.

처음에 모산파에서 단전으로 화운룡을 받아들인 이후 그 느낌의 여운은 며칠씩이나 매우 오래 지속됐다. 그래서 보진은 화운룡이 아직도 자신의 단전에 들어 있는 듯한 착각에 사로잡혔다.

그리고 지금 화운룡은 그녀에게서 나갔지만 그 느낌은 너무도 생생하게 그녀의 몸속에 남아 있다.

그런 것을 알 턱이 없는 화운룡이 보진의 머리를 쓰다듬었다.

"그렇다면 다음에는 나는 가만히 있을 테니까 네가 무공을 전개해라."

"제가요?"

그렇게 물으면서도 보진은 자신보다 두 살 어린 화운룡이 자신의 머리를 쓰다듬는 것이 마치 아버지나 할아버지 같다는 생각이 들었다.

하지만 싫지 않은, 아니, 설명하기 어려울 정도로 좋은 기분이다. 사실 그는 팔십사 세의 노인이 아닌가.

십오룡신이 강 언덕에 오르자 언덕 아래에 해룡상단의 거대한 상선이 정박해 있는 모습이 보였다.

이곳은 수심이 제법 깊은 곳이라서 상선이 직접 강가에 접안할 수 있었다.

십오룡신들은 상선을 향해 가볍게 신형을 날렸다.

휘익! 휙! 휙!

보진은 화운룡의 팔을 잡고 훌쩍 몸을 솟구쳤다. 상선의 높이가 이 장쯤 되기 때문에 화운룡 자력으로는 오르지 못할 것이라고 판단한 것이다.

십오룡신이 모두 상선의 갑판에 깃털처럼 가볍게 내려서자 잠송 이하 해룡상단의 뱃사람들이 일제히 공손히 허리를 굽히며 예를 취했다.

"주군을 뵈옵니다!"

화운룡은 고개를 끄떡였다.

"모두 애썼다."

"감사합니다."

잠송 뒤쪽에 서 있는 혜오신니와 소운자, 연림 남매가 이쪽으로 다가왔다.

화운룡과 보진은 몹시 지친 모습의 혜오신니가 다가오는 것을 발견하고 매우 반가운 표정을 지었다.

'명림!'

화운룡은 설마 자신들이 구한 도망자들 중에 혜오신니가 있을 줄은 예상하지 못했다.

가까이 다가오며 화운룡 등을 살피던 혜오신니는 보진을

발견하고 멈칫했다.

'아!'

그러더니 놀라움과 반가움을 겨우 억누르며 조심스럽게 입을 열었다.

"너 보진이니?"

혜오신니의 제자였던 보진이 파계하고 속세로 돌아간 것이 이 년 전이었으니까 그리 오래지 않은 세월이다.

보진은 얼굴 가득 반가움과 기쁜 기색을 떠올렸지만 화운룡이 있는 자리에서 감히 경거망동하지 못하고 혜오신니에게 공손히 허리만 굽혔다.

"네, 사부님."

혜오신니 만면에 안도와 기쁨이 물결쳤다.

"아미타불… 이런 곳에서 너를 만날 줄이야……."

혜오신니 뒤에 있는 제자들, 즉 예전 보진의 사저, 사매였던 젊은 여승들이 반갑게 한마디씩 했다.

"아앗! 보진 사매 아냐?"

"보진 사저, 오랜만이에요!"

그러나 보진은 반가움을 억누르고 차분하게 화운룡을 혜오신니에게 소개했다.

"주군이십니다."

"아……."

혜오신니와 소운자 등은 제일 먼저 화운룡의 너무도 준수하고 헌앙한 모습에 감탄을 금치 못했다.

그다음에 혜오신니 등은 정현왕부에 호위고수로 간다고 했던 보진이 어째서 저토록 멋진 청년을 주군으로 모시게 되었는지 몹시 궁금하게 여겼다.

화운룡은 포권을 하며 가볍게 고개를 숙였다.

"비룡은월문의 화운룡이오."

혜오신니와 소운자들은 포권을 하면서 마주 예를 취했다.

하지만 그들은 비룡은월문이라는 문파를 들은 적이 없어서 고개를 갸웃거리며 곤혹한 표정을 지었다.

촤아아…….

해룡상단의 상선은 비룡은월문을 향해서 육중하게 항해를 시작했다.

원래 배들은 밤에 운항을 하지 않는 편이지만 해룡상단의 뱃사람들에게 강소성 남쪽 지방의 강이나 운하, 호수 등은 앞마당이나 다름없었다.

이곳에서 비룡은월문까지는 삼십여 리이며 두 시진이면 넉넉하게 도착한다.

화운룡은 비룡은월문까지 가는 동안 부상자들을 치료했다.

그가 부상자들을 분류한 바에 의하면 당장 손을 쓰지 않으면 목숨이 위태로운 중상자가 삼십여 명에 달했다.

화운룡이 삼십여 명의 중상자를 임시로 손보는 데에는 한 시진 남짓밖에 걸리지 않았다.

조금 전까지만 해도 살아 있는 것이 너무 고통스러우니까 제발 죽여달라고 울부짖던 중상자들은 이제 편안한 얼굴로 곤하게 잠이 들었다.

또한 그 못지않게 아무리 지혈을 해도 일각을 넘기지 못하고 다시 피를 철철 흘리는 중상자라든지, 복부나 가슴을 심하게 다쳐서 내장과 장기가 흘러나오고 크게 손상된 중상자들도 화운룡이 손만 쓰면 잠시 후에는 위험한 고비를 넘기고 편안하게 잠이 들었다.

화운룡 옆에서 팔을 걷고 그를 돕는 사람은 보진과 숙빈, 도도, 백진정, 당한지, 벽상, 심지어 막내인 화지연까지 전부 여자들, 즉 여룡(女龍)들뿐이다.

그녀들은 화운룡이 이렇게 하라 저렇게 하라 지시를 하면 너무도 능숙하게 그의 손발이 되어 보조를 했다.

그중에서도 특히 보진과 당한지는 발군의 실력을 보였다.

그런 광경을 줄곧 지켜본 혜오신니와 보진의 사저, 사매들, 그리고 소운자와 그의 제자들은 감탄을 금치 못했다.

그들은 이날까지 살면서 이처럼 의술이 뛰어난 사람을 한 번도 본 적이 없었다.

설혹 전설의 화타나 편작이라고 해도 화운룡만은 못할 것이라는 생각이 들 정도였다.

第九章
날카로운 입맞춤

　화운룡이 혼자서 쉬고 있는 선실에 보진이 혜오신니를 데리고 들어왔다.

　"주군, 사부님을 모시고 왔습니다."

　중상자들의 치료가 끝난 후에 보진은 화운룡의 허락을 받고 혜오신니 등을 만나러 갔다.

　보진은 많은 것을 궁금하게 여기고 있는 혜오신니와 사저 사매들에게 정현왕을 모시는 호위고수인 자신이 어떻게 해서 화운룡을 만나게 되었으며 그가 누구인지에 대해서 설명을 해주었다.

그렇지만 그가 천하제일인 십절무황이며 미래에 혜오신니를 만나서 매우 친했었다는 얘기는 하지 않았다.

선실 내의 침상에 누워 있던 화운룡은 일어나 바닥에 내려서며 미소를 지었다.

"오랜만이오."

혜오신니는 화운룡을 처음 봤을 때 그가 몹시 신비하고 뛰어난 능력을 지닌 사람이라는 생각이 들어서 어떤 사람인지 매우 궁금했다.

이후 보진에게 그에 대해서 설명을 듣고 나서는 천하에 다시없을 청년 영웅이라는 생각이 들었다.

그런데 그가 자신을 조금 전에 보고 이제 두 번째 보면서 '오랜만'이라고 말하자 농담을 하는 것이라고 여겨 살짝 미소를 지었다.

"아미타불… 그렇군요."

그녀의 반응에 화운룡은 반색했다.

"나를 알아보는 것이오?"

"그게 무슨……"

화운룡은 가볍게 웃었다.

"하하! 나는 명림이 나를 알아보는 줄 알았소."

"……"

혜오신니는 화운룡이 자신의 속명(俗名)을 부르자 깜짝 놀랐다가 보진을 쳐다보았다.

보진이 가르쳐 주었을 것이라고 생각한 것이다. 그게 아니면 화운룡이 그녀의 속명을 알 리가 없다.

보진은 엷은 미소를 지었다.

"주군께선 사부님을 아주 잘 아십니다."

혜오신니는 화운룡과 보진을 번갈아 쳐다보면서 의아한 표정을 지었다.

"어떻게 저 시주가 나를……."

화운룡은 의자에 앉으며 혜오신니에게 맞은편을 가리켰다.

"앉으시오. 진아, 명림에게 차를 대접해라."

보진은 밖에 나가서 차를 가져오라 이르고 돌아왔다.

혜오신니는 옛날 속세 때 집에서 어른들이나 부르던 속명을 화운룡이 자꾸 부르니까 듣기가 거북했다. 하지만 그는 혜오신니 일행 모두에게 어마어마한 은혜를 베푼 사람이므로 그 정도는 능히 참을 수 있었다.

그때 문이 열리고 몽개가 들어섰다.

"주군, 드릴 말씀이……."

그러다가 몽개와 혜오신니의 시선이 마주쳤다.

"아……."

칠 년 전에 아미파에 온 몽개를 만난 적이 있는 혜오신니는 깜짝 놀랐고, 아까 갑판의 먼발치에서 혜오신니를 잠깐 봤었던 몽개는 빙그레 미소를 지었다.

"몽개 시주, 어떻게 여기에……."

"오랜만이오, 신니."

몽개는 공손히 화운룡을 가리켰다.

"나는 주군을 모시고 있소."

"아……."

혜오신니의 놀라움은 끝이 아니었다. 지금도 그녀의 놀라움은 계속 진행 중이다.

"몽개 시주는 개방 사람이 아닌가요?"

"나는 개방을 나왔소. 장문인께서도 허락하셨소."

혜오신니는 화운룡이라는 사람이 옥총(玉蔥: 양파)처럼 까면 깔수록 더욱 신비하기만 했다.

"무엇 때문에 저분 시주의 수하가 됐죠?"

구파일방의 하나인 개방의 장로라는 신분은 천하에서 선택받은 일 푼의 사람만이 오를 수가 있다.

절대다수의 무림인들이 그 일 푼의 지위에 오르려고 아등바등 기를 쓰고 있는 것이다.

그런데 몽개가 그런 자리를 마다하고 기꺼이 수하가 될 정도라면 화운룡이 그만큼 굉장한 인물이라는 뜻이고 거기에는 뭔가 사연이 있을 것이다.

몽개는 희미한 미소를 지었다.

"신니도 이분이 누군지 알게 된다면 모르긴 해도 아마 아미파 장로라는 신분을 버리고 기꺼이 이분의 수하가 되려고 애를 쓸 것이오."

혜오신니는 몽개가 지나치게 화운룡을 치켜세운다는 생각이 들었으나 내색하지는 않았다.

그녀는 하늘이 무너진다고 해도 아미파 장로라는 지고한 신분을 버릴 생각이 없다.

몽개는 알 수 없는 말을 했다.

"신니가 여자라는 점이 나보다는 훨씬 유리하오."

상대가 여자라면 화운룡이 한번 깊이 안아주는 것만으로 미래의 일을 훤하게 알게 되기 때문이다. 몽개는 그것을 몹시 부러워하고 있다.

"무슨 뜻이죠?"

화운룡은 몽개가 무슨 말을 하려는 것인지 알아채고 손을 저었다.

"그만, 명림하고의 인연은 이 정도로 됐네."

혜오신니는 몽개의 말이 무슨 뜻인지 궁금했으나 듣고 보니까 화운룡의 말이 더 궁금했다.

"시주하고 빈니하고 무슨 인연이 있다는 말인가요?"

"아무것도 아니오. 차나 마십시다."

화운룡이 손을 젓고 나서 도도가 갖고 온 차를 가리키자 혜오신니의 궁금증은 더욱 가중되었다.

그녀는 궁금증을 참지 못하고 보진을 쳐다보며 제 딴에는 은밀하게 전음을 보냈다.

[보진아, 네가 설명을 해줘야겠다.]

[사부님.]

[숨김없이 말해다오.]

화운룡은 두 사람이 전음을 나눈다는 사실을 눈치챘으나 모른 체하고 차를 마셨다.

"도도는 나가봐라."

도도를 내보내고 화운룡은 몽개에게 턱을 치켜들며 할 말이 무엇이냐고 물었다.

"이 기회에 숭무문을 비롯한 다섯 방파와 문파를 정리하는 것이 좋겠습니다."

화운룡은 고개를 끄떡였다.

"나도 그럴 생각이야."

그러는 사이에 보진은 미래에 있을 화운룡과 혜오신니의 관계에 대해 자신이 알고 있는 선에서 간략하게 전음으로 설명을 해주었다.

"아미타불… 그런 말도 안 되는……."

내용이 너무도 충격적이고 허무맹랑해서 혜오신니는 자신이 보진과 전음을 주고받았다는 사실마저 잊고 놀라서 육성으로 중얼거리며 화운룡을 쳐다보았다.

"빈니가 몇 년 전에 흑살신이라는 색마를 혼내준 적이 있기는 하지만……"

지금으로부터 십이 년 후에 혜오신니는 큰 제자 보현을 데리고 북경 근처 옥령사라는 절에 가던 길에 흑살신에게 급습을 당해서 춘약에 중독되는데 그것을 화운룡이 발견하여 흑살신을 죽이고 그녀들을 구해주었다는 것이 보진이 조금 전에 전음으로 말해준 내용이다.

그것이 십이 년 후 미래에 일어날 일이라는 사실도 놀랍거니와 보진이나 몽개, 화운룡이 그것을 조금도 이상하게 여기지 않고 외려 당연하다는 듯 여기는 표정이 혜오신니로서는 더욱 놀라웠다.

그래서 그녀는 코웃음을 치는 대신에 여기에는 반드시 어떤 곡절이 있을 것이라고 생각했다.

무엇보다도 자신이 믿는 옛 제자 보진이 사부를 상대로 사기를 치는 것은 아니라고 생각하기 때문이다.

혜오신니는 진지한 표정으로 화운룡에게 말했다.

"부탁해요. 빈니를 이해시켜 주세요."

화운룡은 고개를 가로저었다.

"그러기 싫소."

그는 구태여 혜오신니하고의 미래를 들춰내서 또 하나의 인연을 만들 필요가 없다고 생각했다.

그는 그저 태주현에서 가족과 측근들과 평화롭게 사는 것이 소원이기 때문이다.

그렇다고 쉽게 물러날 혜오신니가 아니다.

"그렇다면 어째서 빈니를 명림이라고 불렀죠?"

"그야 명림이니까……."

화운룡은 혜오신니를 보자 예전의 버릇처럼 명림이라고 불렀던 것을 후회했다.

"빈니의 불명은 혜오입니다. 빈니를 알고 있는 모든 사람이 그렇게 부르고 있지요. 그런데도 빈니의 속명인 명림이라고 불렀다는 것은 시주가 빈니에게 무언가 미끼를 던져준 것이라고 생각합니다."

"어……."

그것을 전혀 미끼라고 생각하지 않았던 화운룡은 혜오신니가 놀라운 말재주를 부리고 있다는 생각이 들었다. 말하자면 능수능란한 화술이다.

"만약 아무 생각 없이 그랬더라도 시주는 마땅히 그 책임을 져야 할 거예요."

화운룡은 뜨악한 얼굴로 혜오신니를 바라보다가 이윽고 고개를 끄떡였다.

"그대 말이 옳소. 나는 내가 그대를 명림이라고 부른 실언에 대해서 책임을 지겠소."

화운룡은 모두를 내보내고 혜오신니만 남게 했다.

"그 대신 명림은 내가 하자는 대로 따라야만 하오. 그래야만 진실을 알려줄 수가 있소."

혜오신니는 앉아 있는 화운룡을 응시하며 합장을 했다.

"그러겠어요."

"이리 가까이 오시오."

혜오신니는 머뭇거리면서 두어 걸음 다가왔지만 아직 화운룡하고는 거리가 멀었다.

갑자기 화운룡이 손을 뻗어 혜오신니의 팔을 잡더니 앞으로 세게 끌어당겼다.

확!

"앗!"

혜오신니는 느닷없이 화운룡 무릎에 앉게 되자 즉시 그를 공격하려고 했다.

"이게 무슨 짓인가요?"

"내가 하자는 대로 따르겠다고 하지 않았소?"

화운룡에게 일장을 갈기려던 혜오신니의 손이 뚝 멈췄다.

화운룡의 무릎 끝에 어색하게 앉은 자세인 혜오신니는 의아한 표정을 지었다.

"지금 무엇을 하려는 건가요?"

그녀는 화운룡의 무릎을 생생하게 느낄 수 있었다.

"나도 자세한 것은 모르지만 나하고 미래에 인연이 있는 여자는 나와 몸이 밀착되는 순간 미래에 벌어질 일들을 모두 깨닫게 되었소."

"어떻게 그런 일이……."

"어떻소? 할 테요? 말 테요?"

"……."

혜오신니는 진실을 알아내려고 두 뼘 거리에 있는 화운룡의 얼굴을 뚫어지게 주시했지만 그가 짓궂은 장난을 하는 것 같지는 않았다.

하긴 화운룡을 만난 이후에 벌어진 일들이 죄다 믿기 어려운 일들뿐이었거늘 이 또한 다르겠는가.

화운룡은 혜오신니의 침묵을 하겠다는 뜻으로 받아들였지만 한 번 더 다짐하는 것을 잊지 않았다.

"조금이라도 거부하는 몸짓을 하면 즉시 그만두겠소. 알았으면 고개를 끄떡이시오."

혜오신니에 대해서라면 손금 보듯이 환하게 알고 있는 화운룡이 고삐를 쥐었다.

혜오신니는 부러질지언정 절대로 휘지 않으며 또한 깐깐함의 극치라고 할 수 있는 성격의 소유자다.

잠시가 지나서 혜오신니가 고개를 끄떡이자 화운룡은 두

손을 뻗어 그녀의 허리를 덥석 잡고는 자신 쪽으로 바짝 끌어당겼다.

슥—

"아……."

이제부터 무슨 일이 벌어질 것이라고 각오는 하고 있었지만 설마 화운룡이 허리를 잡고 끌어당길 줄은 예상하지 못했던 혜오신니는 화들짝 놀라서 본능적으로 그에게서 벗어나려고 버둥거렸다.

그러나 화운룡의 두 팔이 이번에는 그녀의 등을 안고 힘껏 끌어안자 그녀의 버둥거림은 무의미해졌다.

그 바람에 단정하게 쓸어 올려서 상투처럼 묶은 그녀의 머리가 풀어져서 머리카락이 얼굴을 덮었다. 참고로 아미파의 여승들은 머리를 파르라니 밀지 않고 길게 기르며 대신 상투처럼 묶는 것이 규칙이다.

"……."

화운룡이 작고 아담한 체구의 그녀를 품속에 꼭 끌어안자 그녀의 심장이 미친 듯이 쿵쾅거렸다.

대부분의 여자는 어깨가 넓지 않은 한 남자에 비해서 체구가 가냘픈 편이다.

더구나 화운룡처럼 어깨가 넓고 가슴이 큰 남자에 비하면 혜오신니의 체구는 절반에도 미치지 않았다.

그런데 혜오신니는 자신의 가슴이 화운룡의 가슴과 맞닿게 하지 않으려고 둘 사이에 두 팔을 끼워 넣은 채 최대한 버티고 있었다.

"팔을 빼시오. 가슴이 닿아야 하오."

혜오신니가 가만히 있자 화운룡은 팔에 힘을 풀었다.

"그만둡시다."

"아… 아니에요. 뺄게요."

혜오신니는 깜짝 놀라서 급히 앞을 막았던 두 팔을 뺐다. 여기까지 어렵게 왔는데 그만두는 것은 바보 같은 짓이라는 생각이 들었다.

슥—

화운룡이 다시 혜오신니를 깊이 끌어안았다.

"으음……"

너무 세게 끌어안는 바람에 혜오신니 입에서 나직한 신음 소리가 흘러나왔다.

사실 혜오신니는 이런 허무맹랑한 행위로 인해서 무슨 기적 같은 일이 일어날 것이라고는 믿지 않았다.

그저 화운룡이 이런 자세를 취하고 있다가 두 사람의 인연에 대해서 구두로 설명할 것이라고 예상했다.

잠시 시간이 흘렀지만 혜오신니에게선 아무런 반응도 일어나지 않았다.

이 정도 시간에 백호뇌가의 홍예와 염교교, 수란은 화운룡과의 미래가 이입되어 오열을 터뜨렸다.

그런데 혜오신니는 그보다 두 배 긴 시간이 지났지만 아무 일도 생기지 않았다.

'안 되는 것인가?'

그렇게 생각하면서도 화운룡은 혜오신니도 여자인 이상 안 될 리가 없다고 한 손으로는 그녀의 허리를, 다른 손으로는 등을 그러안고 더욱 힘껏 끌어안았다.

"흐윽!"

온몸으로 거센 압박을 느끼며 혜오신니가 신음을 터뜨렸다.

위쪽과 아래쪽 두 사람의 몸은 머리카락 한 올 들어갈 틈 없이 밀착되었다.

태어나서 단 한 번도 남자의 손조차 잡아본 적이 없는 혜오신니는 강인하고 단단한 화운룡의 몸을 접하고 기묘한 감정이 꿈틀대는 것을 느꼈다.

'이게 무슨… 아미타불……'

그녀는 화들짝 놀라 급히 내심으로 불호를 외웠다.

그때 화운룡의 뇌리를 스치는 것이 있다.

'불력(佛力)이 가로막고 있다.'

혜오신니는 어렸을 때 아미파에 귀의하여 삼십 년 넘게 불심을 쌓은 수양 깊은 여승이다.

홍예나 염교교 같은 속세의 여자하고는 근본적으로 다른 불심으로 똘똘 뭉친, 젊지만 아미파 장로에 오를 정도의 여승인 것이다.

"잠시 동안만 불심을 버리시오."

"어떻게 버리라는 건가요?"

불심이라는 것이 주머니 속에 들어 있는 물건이 아닌 바에야 어찌 버리기도 하고 줍기도 한다는 말인가.

"내게서 그대에게로 전해지려는 그 무엇이 불심에 막혀서 뜻을 이루지 못하고 있소."

화운룡의 가슴에 뺨을 대고 있는 혜오신니가 쓸쓸한 목소리로 말했다.

"불심은 버리라고 해서 버려지는 것이 아니에요. 빈니가 요구한다고 해서 시주는 마음속에서 가장 소중한 것을 버릴 수가 있나요?"

그건 혜오신니의 말이 맞다. 불심을 버리라고 한 화운룡이 어리석었다.

그렇다면 이제 방법은 하나뿐이다. 시작하지 않았으면 모르되 시작했으면 끝을 보는 게 화운룡의 방식이다.

"고개를 들어보시오."

화운룡은 지난번 당한지의 죽음을 예지했을 때 그녀와 통했던 최후의 방법을 혜오신니에게 써보기로 했다.

"……"

화운룡이 팔에 힘을 조금 풀자 혜오신니가 의아한 얼굴로 고개를 들어 그를 올려다보았다.

그때 화운룡의 두툼한 입술이 그녀의 약간 벌어진 작은 입술을 덮었다.

"……!"

혜오신니의 두 눈이 화등잔처럼 커졌다.

삼십육 년 동안 단 한 번도 허락된 적 없이 조개처럼 단단하게 닫혀 있던 그녀의 성(城)이 무너지고 있다.

그리고 그녀의 이성도 함께 무너져 내렸다.

'이게 무슨 해괴한……'

결국 화운룡의 선택이 옳았다. 최후의 방법이 혜오신니의 견고한 불심을 뚫었다.

화운룡의 기습적인 입맞춤에 소스라치게 놀란 혜오신니가 몸부림치려는 순간 어떤 뜨겁고도 날카로운 기운이 화운룡의 입과 가슴을 통해서 그녀의 목구멍과 가슴을 관통하듯이 거세게 쏟아져 들어왔다.

혜오신니의 가냘픈 몸이 세차게 부르르 떨렸다.

"……!"

그녀는 해일처럼 어떤 알 수 없는 장면과 기억들이 자신의 머릿속과 가슴속으로 걷잡을 수 없이 퍼부어지는 것을 느끼고 격렬하게 전율했다.

그녀에게 입맞춤하던 화운룡은 그대로 멈추고 가만히 있었다.

화운룡에게 있어서 이것은 남녀 사이의 입맞춤이 아니라 그저 목적을 위한 하나의 수단일 뿐이다.

그녀가 눈을 화등잔처럼 크게 뜨고 그를 말끄러미 바라보는데 두 눈 가득 눈물이 고였다.

화운룡은 자신의 기억이 그녀에게 전해지는 이른바 심심상인(心心相印)이 통했음을 깨달았다.

그녀의 얼굴에 환한 기쁨의 표정이 가득 떠오르더니 그녀 스스로 두 팔로 화운룡의 등을 힘껏 안았다.

'아아… 당신이로군요……'

하나도 빼놓지 않고 남김없이 다 기억났다. 어떻게 이럴 수 있을까, 할 정도로 실낱같은 기억까지 깡그리 되살아났다.

그녀와 보현이 흑살신의 춘약에 중독되어 그자에게 겁탈을 당하기 직전에 홀연히 나타난 화운룡이 흑살신을 단칼에 죽이고 두 여자에게 추궁과혈수법을 전개하여 춘약을 해독시켜 주었던 사실이 최초로 생각났다.

그리고 이후 두 여자가 화운룡과 얼마나 가까운 사이가 되었는지도 바로 어제 일처럼 또렷하게 깨닫게 되었다.

화운룡이 눈으로 미소를 지으며 입술을 떼려 하자 이번에는 그녀가 힘차게 입술을 마주쳐 왔다.

두 사람의 입술이 떨어지면 기억의 전달마저도 끊어질지 모른다고 그녀는 조바심을 쳤다.

이것은 하찮은 남녀 간의 음심(淫心) 따위가 아니다. 지금 화운룡도 혜오신니도 음심이나 흥분 같은 것은 추호도 느끼지 않았다.

그러므로 이것은 그저 수십 년의 세월을 초월하여 다시 만나게 된 두 사람의 인사인 것이다.

'다시 만나서 반가워요'라는 영혼의 인사다.

혜오신니의 요청으로 화운룡은 그녀의 큰 제자인 보현도 똑같은 방법으로 심심상인을 해주었다.

마지막 순간에 이르자 보현은 혜오신니보다 더 격렬한 반응을 보였다.

화운룡의 입술에서 멀어지지 않으려는 것은 물론이고 그에게 친친 안기고 달라붙으면서 무언가를 애타게 갈구하는 것처럼 몸부림을 쳤다.

그것은 옆에서 지켜보고 있는 혜오신니가 다 민망해질 정도의 해괴한 광경이었다.

결국 화운룡이 떼어내서야 그녀는 빨개진 얼굴로 숨을 할딱거리다가 자신의 추태를 깨달았다.

사실 혜오신니가 보현에게 이르기를 '무슨 일이 있어도 절대로 화 시주가 하자는 대로 따라야 한다'라고 누누이 주의를 주었기에 보현은 추호도 항거하지 않고 있다가 미래의 기억을 고스란히 되찾게 되었다.

혜오신니와 보현은 화운룡 양쪽에 앉아서 그의 팔을 하나씩 나누어서 가슴에 꼭 안고 꿈을 꾸는 듯한 얼굴로 그를 말끄러미 바라보았다.

사실 지금으로부터 십이 년 후에 일어날 일이라면 혜오신니와 보현에겐 아직 일어나지 않은 일이었다.

그러나 화운룡에겐 이미 수십 년에 걸쳐서 겪은 일이고, 그의 기억이 그녀들에게 고스란히 전해진 것을 그녀들은 겸허히 받아들였다.

"어떻게 된 거예요?"

혜오신니가 몹시 궁금한 얼굴로 물었다. 미래에 있어야 할 화운룡이 어떻게 현재에 있느냐는 물음이다.

그녀들은 자신들과 화운룡 사이에 있었던 일들만 기억할 뿐이지 화운룡 개인적인 일에 대해서는 전혀 모른다. 또한 화운룡이 과거로 돌아온 데에는 어떤 피치 못할 사연이 있을 것이라고 생각했다.

화운룡은 빙그레 미소 지었다.

"팔십사 세에 너무 심심해서 우화등선을 시도했다가 과거로 돌아왔어."

그는 예전처럼 두 여자에게 하대를 했다. 그에게 혜오신니와 보현은 누이며 가족이었다.

예전에 화운룡이 그녀들을 추궁과혈수법으로 살린 이후 급속도로 가까워졌으며 이후 그녀들과 같이 생활하다 보니까 어느덧 가족이 돼버렸던 것이다.

혜오신니는 감탄했다.

"우화등선이라니……. 굉장하군요, 당신."

화운룡이 천하무림을 일통하기 훨씬 전부터 구파일방을 비롯한 천하의 대방파와 대문파들은 무황성에 지부 같은 것을 두어 그에게 복종을 표하고 그의 명령을 전달받았는데, 혜오신니는 자발적으로 무황성 아미파 지부의 책임자를 자청해서 화운룡 곁에 머물렀다.

"명림은 입적(入寂: 열반)하기 직전에는 삼화취정(三和聚精)의 경지였던 것 기억나지 않아?"

혜오신니는 새삼스러운 표정을 지었다.

"기억나요. 당신이 많이 도와주셨지요."

그녀는 구십 세에 입적했으며 그 전에 화운룡의 도움으로 아미파의 실전된 절학 몇 가지를 완벽하게 터득했는데 공력이 삼 갑자 반, 무려 이백십 년에 이르렀었다.

화운룡은 미소 지으며 고개를 끄떡였다.

"실전됐던 아미파 절학들을 복원해서 명림이 완벽하게 터득한 것을 기억하고 있을 테니까 앞으로는 실전에서 그것들을 사용해 봐."

혜오신니는 감탄을 금치 못했다.

"제가 당신의 도움으로 팔십육 세가 돼서야 겨우 터득했던 절학의 구결들을 과거인 현재 생생하게 기억하고 있으니 정말 신기한 일이에요."

그녀는 예전에도 화운룡에게만은 '시주'라느니 자신을 '빈니'라고 하는 호칭을 쓰지 않았다.

그녀는 천하에 오로지 단 한 사람, 화운룡에게만은 자신이 가족 같은 존재이거나 한 명의 여자이기를 원했다. 그것은 지금도 마찬가지다.

화운룡은 보현을 쳐다보았다.

"현아, 너 역시 아미파 절학을 완성했었으니까 그걸 되살리도록 해봐라."

팔십사 세를 살았던 화운룡에게 이십사 세 보현은 그저 손녀처럼 귀여울 뿐이다.

새하얗고 갸름한 얼굴에 보조개가 예쁜 보현은 그윽한 눈빛으로 화운룡을 응시했다.

"당신이 가르쳐 준 단천검법도 기억나요."

화운룡이 우화등선을 하기 전날에도 그를 비롯한 몇몇 최측근들과 함께 술을 마셨던 보현은 몇 년 전에 입적한 혜오신니가 갖고 있지 않은 기억을 몇 개 더 갖고 있으며 그것을 혜오신니는 모르고 있다.

그때 선실 밖에서 보진의 목소리가 들렸다.

"주군, 보진입니다."

"들어와라."

보진은 선실 안에서 흘러나오는 세 사람의 다정한 대화 소리를 듣고 혜오신니와 보현이 미래의 기억을 되찾았다는 사실을 알았다.

안으로 들어오는 보진 뒤에 장하문이 뒤따랐다.

"사부님, 보현 사저."

혜오신니와 보현은 반가운 표정으로 들어서는 보진을 보며 환하게 웃었다.

"우린 운룡검신(雲龍劍神)과의 기억을 다 되찾았단다."

"대가께서 우리 기억을 되찾아주셨어, 보진 사매."

보진은 한 대 얻어맞은 표정을 지었다.

'운룡검신? 대가?'

혜오신니가 화운룡을 처음 만났을 당시 그의 별호가 무적검신이었다.

혜오신니는 자신에게 더없이 특별한 존재인 그를 '시주'라고 부르기 싫었고 그렇다고 별호를 부르기도 무엇해서 이름과 별호를 섞어 그에 대한 자신만의 호칭인 '운룡검신'을 완성시켰던 것이다.

그 당시에 천하에서 그를 '운룡검신' 또는 그것을 줄여서 '운검(雲劍)'이라고 부르는 사람은 혜오신니뿐이었다.

또한 보현이 화운룡을 '대가'라고 부르는 것은 존경의 의미이지 다른 뜻이 있는 것은 아니다.

그녀의 내심이 어떻든지 간에 최소한 다른 사람들은 그렇게 생각했다.

보진은 화운룡을 주군이라고 부르며 두 사람은 단지 상전과 수하의 관계 그 이상도 이하도 아니었다.

그런데 혜오신니는 화운룡을 운룡검신이라고, 보현은 대가라고 부르는 것이 부럽기도 하고 낯설기도 했다.

한 가지 분명한 것은 보진이 갖고 있지 않은 화운룡하고의 추억을 혜오신니와 보현은 많이 갖고 있다는 사실이다.

조금 전까지만 해도 화운룡에게 가장 가까운 사람이 보진이었는데 지금은 혜오신니와 보현에게 밀려난 기분이 들어서 씁쓸한 표정을 지었다.

그때 보진 뒤에 서 있는 장하문을 발견한 혜오신니와 보현이 반갑게 외쳤다.

"하룡 시주!"

"맙소사! 이십 대의 하룡 시주를 보게 되다니요……."

장하문은 의아한 표정을 지었다.

"나를 아십니까?"

보현이 방글방글 웃었다.

"알다 뿐인가요? 하룡 시주가 밤마다 연인 백진정 여시주를 그리워하면서 징징 울 때마다 저하고 소화두 여시주, 그리고 운설 시주 셋이서 같이 술을 마셔주면서 얼마나 달래주었는지 아세요?"

미래에서는 화운룡이 백진정의 가문인 제남 은한천궁을 괴멸시켰고 그녀의 부친 백청명을 죽였기에 백진정은 화운룡과 정혼자인 장하문을 원수로 여겼다.

어쨌든 장하문을 '하룡'이라고 부르는 사람이 두 명의 여자가 더 생겼다.

*   *   *

멸문당한 호북연세가의 연림, 연오 남매를 비롯한 생존자 백육십여 명은 거취가 결정될 때까지 당분간 비룡은월문에 머물기로 했다.

비룡은월문에서는 그들을 위해서 전각 두 채를 내주고 모든 편의를 제공했다.

청성파 소운자와 제자들, 그리고 청성 고수 삼십여 명은 비룡은월문에서 며칠 머물기로 했다.

그리고 혜오신니와 그녀의 제자 열한 명은 언제 이곳을 떠날지, 그리고 앞으로 어떻게 할지에 대해서 아직 결정을 내리지 않았다.

물론 결정을 내리는 사람은 전적으로 혜오신니였다.

"어르신들을 뵙고 인사를 드리고 싶군요."

혜오신니 명림이 화운룡에게 정중하게 부탁했다. 이 자리에서는 소운자 등과 같이 있기 때문에 그녀는 화운룡에게 예전처럼 다정하게 대하지 않았다.

화운룡과 혜오신니 명림, 소운자는 차를 마시면서 담소를 나누고 있는 중이었다.

명림의 말에 소운자는 인공 호수에 시선을 주고 중얼거리듯이 말했다.

"빈도는 곧 떠날 텐데 번거롭게 누를 끼치고 싶지 않소. 신나나 다녀오시오."

그는 비룡은월문이 강소성 남쪽 지방에서도 촌구석인 태주현의 삼류문파라는 사실을 알고는 처음에 화운룡에게 느꼈던 흥미를 잃어버렸다.

구파일방의 하나인 대청성파의 장로인 그가 시골 촌구석 삼류문파의 태상문주에게 일부러 찾아가서 머리를 조아리는 것은 자신의 명성과 자존심에 큰 흠집을 내는 것이라고 생각하는 그였다.

경륜이 풍부하다 못해서 넘치는 화운룡이 소운자의 속셈을 모를 리가 없지만 대수롭지 않게 생각했다.

그 역시 소운자를 소인배로 여기기 때문에 가볍게 고개를 끄떡였다.

"좋을 대로 하시오."

소운자는 비록 은혜를 입었다고는 하지만 대가리에 피도 마르지 않은 새파랗게 젊은 화운룡이 자신에게 거만하게 구는 꼴이 영 못마땅했다.

"갑시다."

화운룡과 명림은 차를 마시던 정자를 나섰다.

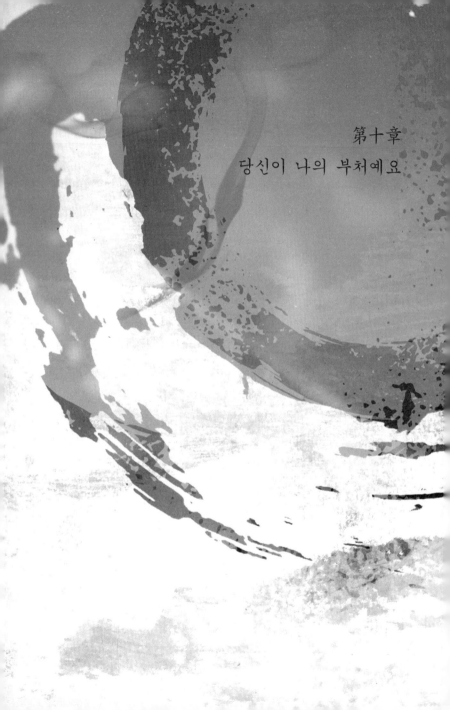

第十章

당신이 나의 부처예요

혼자서 차를 마시고 있는 소운자는 아무리 생각해 봐도 화운룡이라는 어린놈이 영 마음에 들지 않아서 언제 기회가 닿으면 따끔하게 충고라도 해야겠다고 마음먹었다.

화운룡 덕분에 자신을 비롯한 제자들과 청성 고수들의 죽을 목숨이 살아난 것은 인정한다. 또한 그가 아미파 혜오신니 일행과 호북연세가의 생존자들을 구한 일도 높이 평가하고 있다.

그러나 은혜는 은혜고 버르장머리가 없는 것은 존장으로서 못마땅하기 짝이 없다.

"건방진 놈."

소인배는 중용(中庸)의 높은 이치를 모르며 왕왕 은혜를 배신으로 갚는다.

소운자는 화운룡하고 명림, 보현 등이 어떤 관계로 발전했는지도 모르지만 애초에 관심도 없었다.

생각 같아서는 당장 이곳을 떠나고 싶은 마음이지만 조금 더 상황 돌아가는 것을 지켜봐야 한다고 그 잘난 경륜이라는 것이 발목을 붙잡고 있었다.

그때 정자로 몽개와 당평원이 들어섰다.

"주군은 어디에 계시는가?"

인공 호수를 보며 차를 마시고 있던 소운자는 자신에게 대뜸 하대를 하는 낯선 목소리의 비룡은월문 수하를 꾸짖으려고 홱 고개를 돌려 그를 쳐다보았다.

"감히 누구에게……."

순간 소운자는 멍한 표정이 됐다. 눈앞에 개방의 삼장로인 죽장몽개가 서 있는 것을 발견했기 때문이다.

그는 눈을 껌뻑거리며 어정쩡하게 일어섰다.

"아… 몽개 도우께서 어떻게 여기를……."

몽개는 어젯밤에 상선에서 소운자를 봤지만 일부러 나서지 않았다. 소운자의 꼬이고 모난 성격을 잘 아는 터라서 상종하고 싶지 않았기 때문이다.

물론 어젯밤에는 경황중이라서 소운자는 화운룡 뒤에 늘

어서 있는 십사룡신 중에 몽개를 발견하지 못했다.

소운자는 사십삼 세이며 몽개보다 두 살 아래다. 같은 구파일방 사람인 터라서 소운자는 은연중에 몽개를 윗사람으로 대접해 왔었다.

몽개는 무림의 법도에 따라 아랫사람에게 대하듯 말했다.

"주군이 어디에 계신지 찾고 있네."

"주군이시라면 누구를……."

개방의 방주를 주군이라고 호칭하지는 않으므로 소운자로서는 이상했다.

몽개가 꾸짖었다.

"주군이 누구긴 누군가? 비룡은월문의 문주이신 화운룡 대협이시지!"

"……."

소운자는 몽개가 화운룡을 주군이라고 부르는 이유를 이해하지 못했다.

당평원이 어벙한 표정의 소운자에게 딱딱한 어조로 물었다.

"주군께서 여기에 계시지 않았소?"

"도우는 누구요?"

몽개가 대신 대답했다.

"그는 사해검문의 문주 당평원 대협이네."

"……."

소운자는 움찔 놀라며 또 말을 잃었다.

대문파인 사해검문이 남경을 중심으로 강소성 남쪽 지방의 패자라는 사실은 소운자도 잘 알고 있다.

개방의 장로 몽개와 사해검문의 문주 당평원이 주군이라고 찾고 있는 사람이 화운룡이라는 사실에 소운자는 정신이 다 황망했다.

'이게 도대체……'

요즘 들어서 화명승은 자신의 거처인 운영각을 벗어나는 일이 거의 없었다.

해룡상단은 장하문의 탁월한 수완 덕분에 나날이 발전하고, 또 세력이 커지고 있는 중이다. 물론 수입은 예전에 비해서 수십 배로 불어났다.

그러니 요즘 화명승이 하는 일은 비룡은월문과 해룡상단의 총관을 겸하고 있는 맏사위 반도정이 갖고 오는 서류에 결재를 하는 정도가 전부다.

그래서 화명승은 예전에는 시간이 없어서 하지 못했던 취미 생활이나 아내와 함께 산책을 하고, 또 부친 화성덕과 바둑을 두는 일로 태평하게 소일하고 있었다.

지금도 화명승과 화성덕 부자는 이마를 맞대고 바둑 삼매경에 빠져 있는 중이다.

그리고 그 옆에서 화명승의 부인 주소혜와 또 한 명의 중년 여인이 다소곳이 앉아서 과일을 깎으면서 다정하게 담소를 나누고 있었다.

중년 여인은 주소혜보다 다섯 살 많은데 요즘 화성덕과 목하 열애 중인 사람이다.

화성덕이 십여 년 전에 상처한 후로 줄곧 홀아비 생활을 하고 있는 것을 안타깝게 생각한 며느리 주소혜는 마땅한 새어머니감이 없을까 주위에 열심히 수소문을 했다.

그 결과 태주현 인근의 번듯한 무가의 참한 과부를 발견했는데 바로 이 중년 여인이다.

중년 여인의 이름은 문소향(文蘇香)이라고 하며 무공도 배워서 제법 수준급이다. 물론 일류고수 정도는 아니지만 굳이 따지자면 화명승이나 화성덕보다는 고강하다.

화성덕은 손자 화운룡 덕분에 지병이 말끔하게 나아서 요즘은 젊은이 부럽지 않은 활력을 자랑하고 있었다.

두 사람은 아직 정식으로 혼인을 하지 않았지만 나이가 든 사람들이라서 거추장스러운 절차 따윈 생략하고 화성덕의 거처에서 동거 중이었다.

사실 화성덕과 문소향은 나이 차이가 스무 살 이상 나지만 밤에는 문소향이 화성덕을 당해내지 못하고 있을 정도로 그의 정력이 넘쳤다.

여북하면 아침에 주소혜가 문안 인사를 드리러 가면 밤새 화성덕에게 얼마나 시달림을 당했는지 문소향은 아예 일어나지 못할 정도다.

그때 하녀가 와서 화운룡이 인사를 드리러 왔음을 알렸다.

마침 바둑을 지고 있던 화성덕은 반색하면서 돌을 놓았다.

"아범아, 운룡이 왔다니까 나중에 두자."

화명승은 빙그레 미소 지었다.

"아버님이 지셨으니까 이따 저녁에 술 내십시오."

화성덕은 문소향이 보고 있어서 괜히 역정을 냈다.

"바둑이 아직 끝나지 않았는데 술을 내라는 겐가?"

화명승은 저만치 걸어오는 화운룡을 힐끗 보고는 팔짱을 턱 끼고 배짱을 부렸다.

"그럼 용아더러 잠시 기다리라고 하고 계속 바둑을 둬서 승부를 내죠?"

"어허… 이 사람이 정말……."

그러자 문소향이 예쁘게 웃었다.

"저녁에 술을 낼 테니 바둑은 그만 거두세요."

"어험! 험! 승부가 나지 않았다는데도 당신은……."

"알았어요. 승부는 나중에 내세요."

화명승과 주소혜, 화성덕과 문소향은 이처럼 소소한 행복이 너무나 좋았다.

화운룡이 예를 취하고 나서 명림을 소개했다.

"이 사람은 혜오신니입니다."

명림이 우아한 동작으로 손을 세우고 불호를 외웠다.

"아미타불… 아미의 혜오입니다."

그녀 뒤에 나란히 서 있는 보현을 비롯한 열한 명의 젊은 여승들이 공손히 허리를 굽혔다.

"아미타불……."

화명승과 화성덕 등은 명림과 그녀의 제자들을 보면서 아무 말도 하지 못하고 눈을 껌뻑거렸다. 그녀들의 위용에 기가 질린 것이다.

이들이 봤을 때 명림 등은 불가의 여승들인 것 같았다.

그녀들의 얼굴에 밝은 기운이 은은하게 흐르고 눈빛이 맑으며 하나같이 젊고 예쁘다는 생각이 들었다. 그리고 그녀들 모두 산뜻한 황색의 승복을 입었으며 오른쪽 어깨에는 한 자루 장검을 메고 있어서 여고수라는 것을 알 수 있었다.

그렇지만 단지 그것뿐이다. 화운룡이 소개한 '혜오신니'라든지 명림이 '아미의 혜오'라고 말한 게 무슨 뜻인지 알 수가 없는 화명승과 화성덕이다.

그때 문소향이 놀라는 표정을 지었다.

"설마… 아미파분들이신가요?"

"그렇습니다."

문소향은 조금 전에 명림이 자신을 '혜오'라고 소개했던 것을 기억해 냈다.

"설마… 아미파의 장로이신 혜오신니라는 말씀인가요?"

명림은 우아하게 미소 지었다.

"빈니가 혜오입니다."

화명승과 화성덕, 문소향은 대경실색하며 눈을 크게 뜨고 입을 커다랗게 벌렸다.

비룡은월문이 잘나간다 잘나간다 하더니만 이제는 무림의 태산이고 북두인 구파일방의 아미파 장로가 제 발로 찾아와서 인사를 하고 있었다.

"어… 허허허!"

화성덕은 괜히 뜻을 알 수 없는 웃음을 터뜨렸다.

화명승이 일어설 생각도 하지 못하고 앉은 채 명림을 바라보며 뜨악하게 물었다.

"그… 런데 신니께서 무슨 일이십니까?"

명림은 공손히 대답했다.

"어제 본 파와 청성파, 그리고 호북연세가 사람들이 죽을 위험에 처해 있었는데 화운룡 시주의 은혜로 모두 무사히 목숨을 건졌으므로 아미파를 대신해서 감사를 드립니다. 이 은혜는 결코 잊지 않겠습니다."

"아아… 우리 용아가 그랬소?"

명림은 옆에 서 있는 화운룡을 잠시 그윽한 눈빛으로 바라보고 나서 말했다.

"화 시주는 이 시대에 가장 훌륭한 영웅이에요. 그런 영웅을 낳고 기르신 어르신들을 뵈오니 감개무량합니다."

말을 마치고 명림이 깊이 허리를 굽히자 열한 명의 제자도 공손히 허리를 굽혔다.

화명승과 화성덕은 이 순간 가슴이 터지고 심장이 목구멍 밖으로 튀어나올 것처럼 기뻤다. 무림에 대해서 아무것도 모르는 모친 주소혜도 남편과 시아버지의 격한 반응을 보고 어떻게 된 일인지 짐작하고는 벌써 눈물을 흘리고 있다.

이쯤에서 효심이 지극한 화운룡은 할아버지를 조금 띄워드려야겠다고 생각했다. 그는 문소향을 명림에게 소개했다.

"저분께선 이 지역 명문세가 출신이신 할머니시오. 인사드리시오."

"아… 아니……."

문소향이 화들짝 놀라서 발딱 일어나 손을 저으려는데 명림과 열한 명의 제자는 벌써 허리를 굽히고 있다. 그 위세가 자못 대아미파를 보는 듯했다.

"인사드립니다."

"아아… 무… 문소향이에요."

너무 감격한 나머지 문소향은 울컥하더니 눈물을 흘리면서 기쁜 표정으로 화성덕을 바라보았다.

　자세한 내용은 모르지만 어쨌든 화성덕은 난데없는 띄움에 기분이 한없이 좋아져서 너털웃음을 터뜨렸다.

　"어… 헛헛헛! 그래! 그래!"

　화명승과 화성덕은 비룡은월문이 구파일방과 어깨를 나란히 한 것 같은 착각에 빠졌다.

　화운룡과 명림 등이 전각 입구를 통해서 밖으로 걸어 나오는데 안쪽에서 화성덕과 화명승의 기고만장한 웃음소리가 우렁차게 들렸다.

　"하하하하! 아버지, 용아가 또 착한 일을 했답니다! 얼마나 자랑스럽습니까?"

　"으핫핫핫! 아범아! 그냥 착한 일이 아니고 자그마치 아미파와 청성파, 호북연세가 사람들을 구했다지 않느냐? 우리 용아는 영웅이다, 영웅! 아암!"

　화운룡과 명림은 마주 보고 빙그레 미소를 지었다. 명림은 화운룡이 과거로 회귀한 이유를 이제는 조금쯤 알 것 같았다.

　"당신 정말 행복하겠군요?"

　"당연하지."

　가족이 기뻐하는 모습을 보는 것이야말로 최고의 행복이라고 생각하는 화운룡이다.

제자들을 먼저 보내놓고 화운룡과 명림은 나란히 인공 호
수 가장자리를 걸으며 산책을 했다.

비룡은월문은 수십 개의 인공 호수와 그것들을 서로 연결
하는 직선과 곡선의 운하들이 있고, 운하에는 천 개가 넘는
다리가 설치되어 있으며, 인공 가산 역시 수십 개에 이르고 정
원의 수는 삼백여 개에 달했다.

명림은 주위를 둘러보며 감탄을 터뜨렸다.

"이곳은 눈길이 닿는 곳 어디나 다 무릉도원 같아요. 이렇
게 아름다운 곳은 본 적이 없어요."

화운룡은 빙그레 미소 지었다.

"이곳이 낯익지 않아?"

"저도 아까부터 비룡은월문 내부 전경이 어디선가 많이 본
듯한 느낌이 들었는데 생각이 나지……."

말하다가 말고 명림은 뚝 걸음을 멈추고 깜짝 놀라는 표정
을 지었다.

"아아! 설마 무황성인가요?"

화운룡은 빙그레 미소 지었다.

"그래."

"아아… 그랬군요. 그래서 이곳이 조금도 낯설지 않았어요.

저곳과 그리고 저곳, 다 눈에 익어요."

수십 년 동안 무황성에서 화운룡의 측근으로 살았던 명림은 그곳을 회상하듯 눈을 반쯤 감고 긴 속눈썹을 가늘게 떨며 주위를 둘러보았다.

"이제 보니까 당신은 무황성을 축소해서 비룡은월문을 만들었군요."

"그래."

명림이 쌍꺼풀이 짙은 눈으로 그를 바라보았다.

"당신, 여기에서 평생 살 생각이로군요?"

그녀의 물음은 끝이 없다.

"그럴 생각이야."

어떤 생각이 번쩍 떠오른 명림은 깜짝 놀라서 걸음을 멈추고 그의 팔을 잡았다.

"당신 설마… 그녀와 같이 있나요?"

무황성에 함께 있었던 사람들은 화운룡이 짝사랑했던 주옥봉에 대해서 다들 알고 있다.

화운룡이 빙그레 미소를 지었다.

"나하고 같이 있어."

"아아… 정말 잘됐어요. 축하해요."

"고마워."

명림은 진심으로 기뻐했다. 화운룡이 얼마나 옥봉을 그리

위했는지 잘 알고 있기 때문이다.

그녀는 세상의 흔한 사랑이 아닌 또 다른 심오한 경지의 것으로 화운룡을 사랑하고 있었다.

두 사람은 인적이 전혀 없는 한적한 인공 호수 가의 풀밭에 나란히 앉았다.

"저, 할 말이 있어요."

명림이 손을 잡고 이곳으로 이끌었기에 화운룡은 그녀가 할 말이 있어서 그러는 것이라고 짐작했었다.

"말해봐."

명림은 쉽게 말하지 못하고 한참이나 망설이고 나서야 어렵사리 말문을 열었다.

"저 아미파를 나와서 이곳에 오면 받아주시겠어요? 파계를 하겠다는 거예요."

화운룡은 어이없는 표정을 지었다.

"무슨 소리야?"

아미파 장로이며 장문인 혜성신니의 친동생인 그녀가 아미파를 나오겠다는 말은 충격적이다.

그녀는 속세에는 아무런 인연이 없다. 있다면 오로지 화운룡 한 사람뿐이다.

"저는 진지하게 말씀드리는 거예요."

화운룡은 고개를 끄떡였다.

"알았어. 진지하게 들을게."

명림은 수십 년, 아니, 정확하게 사십이 년 동안 화운룡과 교류하거나 그의 측근에 머물면서 자신이 그에 대해서 누구보다도 잘 안다고 자부한다.

"당신 곁에 머물고 싶어요."

명림은 거두절미하고 말했다. 장황하게 자신의 마음을 설명하는 것보다 그 편이 나을 것이라고 생각했다.

*　　　　*　　　　*

명림 입에서 화운룡으로서는 전혀 예상하지 않았던 말이 흘러나왔다. 그렇지만 화운룡은 그녀가 그런 말을 한 이유를 짐작할 수 있을 것 같았다.

화운룡은 한 번 인연을 맺은 사람에게 간과 쓸개를 다 빼줄 것처럼 잘 대해준다. 그리고 상대가 배신하거나 제 발로 떠나지 않는 한 절대 내쫓지 않았다. 뿐만 아니라 결과물이 아닌 의도와 과정을 더욱 중요하게 따지는 편이다.

예를 들면 측근 중에서 어느 누가 어떤 일에 크게 실패하여 명성으로나 재정적으로나 화운룡과 무황성에 큰 피해를 입혔다고 하자.

웬만한 주군 같으면 그런 수하는 엄하게 꾸짖고 벌을 주거나 내쫓는 것이 상식이다. 하지만 화운룡은 그가 어째서 그런 일을 시작했었는지 의도를 더 중요하게 여긴다.

그래서 그의 의도가 순수하고 좋은 것이었다면 결과가 아무리 나빴다고 해도 다 용서했으며 어떤 경우에는 잘했다면 상까지 내렸다.

"제가 구십 세에 죽을 때 침상에 가만히 누워서 생각해 보니까 가장 좋았던 일이 당신을 만난 일과 당신과 함께 보낸 시간들이었어요."

명림의 눈 속에서 과거의 일들이 스쳐 지나갔다.

"그리고 가장 나빴던 일이 당신을 더 일찍 만나지 못했고 더 오래 같이 있지 못했다는 사실이었어요. 그것 때문에 죽는 게 슬펐어요."

명림은 호수를 응시하며 독백하듯이 읊조렸다.

"당신이 계신 무황성이 내게는 피안(彼岸: 진리를 깨닫고 도달하는 이상적 경지)이었어요."

불타(佛陀), 즉 부처의 가르침이란 진리를 깨달아서 궁극적으로는 피안에 이르는 것이다.

"그래서 저는 이제야 깨달았어요. 진리를 깨닫고 피안에 이르기 위해서는 굳이 아미파에 머물 필요가 없다는 사실을 말이에요."

그녀는 고개를 돌려 화운룡을 바라보았다. 그녀의 얼굴에서 성스러운 은은한 광휘가 흘렀으며 눈빛은 수정처럼 맑았다.

"당신이 저의 불타였어요."

옛말에 백정도 깨달음을 얻어 손에서 도끼를 놓으면 그 순간 부처가 될 수 있으며, 고개만 돌려 옆을 보면 거기에 피안이 있다고 했다.

"명림."

"저는 당신의 가족이자 측근이 되고 싶어요."

화운룡은 그녀의 깊은 뜻을 이해했다.

"당신을 사랑하고 있어요."

그 말도 이해했다.

그녀가 사랑하는 것은 남자 화운룡이 아니라 피안이고 불타인 화운룡이다.

명림은 열한 명의 제자를 모아놓고 자신의 결심을 가감 없이 솔직하게 밝혔다.

제자들을 기만하지 않고 솔직하게 자신의 마음을 밝히는 것이 마지막으로 제자들에게 해줄 수 있는 도리라고 여겼다.

자신은 아미파에 돌아가지 않을 것이고 이제부터 이곳에서 살 것이며, 그 이유는 화운룡과 같이 있고 싶어서이고 이곳이 피안이라고 확신하기 때문이라고 말했다.

"그러므로 너희들은 내일 날이 밝는 대로 이곳을 떠나 본 파로 돌아가라."

그렇게 말하고 나서 명림은 홀가분한 기분으로 밖으로 나와 한동안 산책을 하다가 다시 거처로 돌아갔다.

명림은 자신이 파계를 한 것과 이제부터 화운룡 곁에 머물고 싶다는 마음을 그에게 고백한 것에 대해서 추호도 후회하지 않았다. 또한 정들었던 열한 명의 제자하고 이별을 해야 한다는 사실이 슬펐지만, 그보다는 이제부터 화운룡의 측근, 또는 가족이 되어 그와 함께 죽을 때까지 해로할 수 있다는 기대감이 더 컸다.

보현을 비롯한 열한 명의 제자는 모여서 얘기를 나누고 있다가 명림이 들어오자 대화를 그쳤다. 대제자 보현이 명림에게 다가오더니 엄숙한 표정으로 간단하게 말했다.

"제자들도 남겠습니다."

명림은 한 대 얻어맞은 표정을 지었다.

"무슨 말이냐?"

그렇게 물으면서 명림은 아까 자신이 화운룡 곁에 남겠다고 말했을 때 그도 지금의 자신과 같은 기분이었을 것이라는 생각이 들었다.

"저를 비롯한 제자 열한 명도 사부님과 함께 여기에 남겠습니다. 저희들은 진지하게 상의를 했고 그 결과 이런 결정을 내렸습니다."

더 이상 또렷할 수 없는 보현의 말이라서 명림이 잘못 들었을 리가 없다.

"무엇 때문이냐?"

보현이 당돌하게 되물었다.

"사부님께선 무슨 이유로 여기에 남으시려는 것입니까?"

명림은 솔직하게 말했다.

"내게는 여기가 바로 피안이고 화운룡 시주가 불타라고 믿기 때문이다."

보현은 공손히 합장했다.

"저희 제자들에게는 사부님께서 바로 불타이시고 사부님께서 계시는 곳이 피안입니다."

갑자기 명림은 가슴이 콱 막혔다.

"너희들……."

보현을 비롯한 열한 명의 제자가 일렬 횡대로 늘어섰다가 공손히 무릎을 꿇고 절을 올렸다. 그러고는 아무런 말이 없었다.

명림은 제자들을 꺾지 못했다. 자신이 화운룡에게서 깨달은 것을 제자들은 명림 자신에게서 깨달았다는 사실을 깨달았기 때문이다. 그 깨달음 때문에 명림은 눈물이 났다.

명림은 자신의 거처를 지키는 무사의 안내를 받아 용황락으로 들어갔다. 따로 담이 둘러쳐져 있는 용황락은 비룡은월문 내의 또 하나의 별세계 같았다. 열려 있는 용황락의 문을 통해서 안으로 들어선 명림은 자신도 모르게 탄성을 터뜨렸다.

"아아……."

하나의 아담한 호수 가운데 인공으로 만들어진 섬에 오 층의 누각이 우뚝 서 있으며, 호숫가 주변에 띄엄띄엄 일곱 채의 크고 작은 전각들이 있고, 운하와 그곳에 떠 있는 작은 배들과 정원 등이 너무도 아름다워서 그녀는 자신이 선경(仙境)으로 들어서고 있다는 착각이 들었다.

비룡은월문 내부가 무릉도원이라면 용황락은 무릉도원 안의 천상천(天上天) 같은 곳이었다.

그녀를 안내하고 있는 무사가 설명했다.

"이곳 용황락은 문주와 문주의 최측근이신 십사룡신들이 머무는 곳입니다."

"그렇군요."

명림은 자신도 화운룡의 최측근이 되어 용황락에서 살고 싶다는 마음이 샘물처럼 솟구쳤다.

"이곳이 문주의 처소 운룡재입니다."

무사는 명림을 운룡재 전각 앞까지 데려다주고 돌아갔다.

운룡재 입구를 지키는 무사가 명림의 신분을 확인하고는

공손하지만 단단한 표정으로 말했다.

"잠시 기다리십시오. 주군께 알리겠습니다."

무사가 안으로 달려 들어갔다.

활짝 열려 있는 운룡재 대전 안쪽으로는 하녀와 숙수 몇 사람이 총총히 오가는 모습만 보일 뿐인데도 명림은 왠지 이 전각에서 위엄이 느껴졌다.

잠시 후 무사가 다시 나와서 명림을 안내했다.

"따라오십시오."

긴장된 표정의 명림은 무사를 따라 안으로 향하며 주위를 두리번거렸다. 일 층 대전은 그리 넓지 않았는데 대신 복도 양쪽에 여러 개의 문이 띄엄띄엄 있으며, 어떤 문은 열려 있고 어떤 문은 굳게 닫혀 있었다.

그리고 어디에선가 맛있는 음식 냄새가 솔솔 풍겨오고 있으며 마침 명림은 음식 냄새의 진원지를 지나고 있다.

문이 활짝 열려 있는 주방 안에서는 십여 명의 숙수가 열심히 요리를 하고 있었다. 또한 한 명의 조그맣고 예쁘장한 소녀가 두 손을 허리에 얹은 채 숙수들을 지휘하고 있다.

"이러다간 저녁 식사 시간에 늦겠어요. 서둘러요."

지금이 미시(未時: 오후 2시경)인데 벌써 저녁 식사를 준비하고 있는 모양이다.

그때 숙수들을 지휘하던 어린 소녀가 밖으로 나오다가 명림과 마주쳤다.

"누구시죠?"

어린 소녀의 물음에 무사가 공손하게 대답했다.

"주군을 만나러 오신 아미파의 혜오신니십니다."

소녀는 고개를 끄떡였다.

"잘됐군요. 마침 공자께 차를 가져가는데 내가 이분을 모시겠어요."

무사가 허리를 굽히고 나서 물러가고 소녀가 친절한 미소를 지으며 앞장섰다.

"가요."

소녀 뒤에는 찻잔과 찻주전자가 놓인 쟁반을 들고 두 명의 하녀가 따르고 있었다. 명림은 소녀와 나란히 걸으면서 그녀가 비록 어리지만 화운룡의 측근일지 모른다고 생각했다.

일 층의 매우 긴 복도를 지나는데 가까운 곳에서 날카로운 파공음과 쩌렁한 기합 소리, 그리고 거친 숨소리가 뒤섞여서 들려오고 있었다.

명림은 전방의 왼쪽의 활짝 열려 있는 문 안쪽에서 그런 소리가 흘러나오는 것을 확인하고 그곳이 연무장일 것이라고 생각했다.

명림이 열린 문으로 안을 들여다보자 안면이 있는 용신들이 무공 연마를 하고 있었다.

매우 넓은 연무장 안에는 십삼 명의 용신, 즉 십삼용신들이 각자의 공간에서 혼자 아니면 둘이서 일대일로 검이나 도, 창, 채찍을 사용하여 실전을 방불케 하는 무공 연마에 열중하고 있었다.

명림이 아주 잠깐 지켜봤지만 십삼룡신들의 무공 수위가 자신보다 한 수 혹은 두 수 위인 것 같아서 깜짝 놀랐다.

십상룡신 중에는 보진의 모습도 보였는데 그녀는 먹처럼 검은 채찍을 휘두르며 한 명의 삼십 대 장한과 치열하게 비무를 하고 있었다.

그런데 보진은 아미파의 것이 아닌 전혀 생소한 편법을 사용하는데 채찍을 휘두를 때마다 허공에서 '쩡! 쩡!' 하고 두꺼운 얼음 깨지는 소리가 났다.

그것 하나만 보고서도 명림은 보진의 실력이 자신보다 월등히 뛰어난 것을 알아보았다.

'과연 운검의 최측근들이다.'

명림이 감탄을 금치 못하고 있는데 입구에서 가까운 곳에서 혼자 쌍검술을 연마하고 있는 벽상이 소랑을 보며 카랑카랑하게 외쳤다.

"랑아! 배고프다! 아직 간식은 멀었느냐?"

"점심 식사 한 지가 언제인데 벌써 배고파요?"

소랑이 뾰족하게 대꾸할 때 벽상이 명림을 발견하고 '어?'

하는 표정을 지었다.

"신니가 여긴 웬일인가요?"

벽상 역시 화운룡이 심심상인의 방법으로 미래를 일깨워주었으므로 한눈에 명림을 알아보았다. 그녀는 어젯밤에 상선의 갑판에서 명림을 보았지만 나서서 알은척을 하지 않았다.

벽상은 미래의 무황성 생활에서 명림을 좋아하지 않았지만 딱히 싫어하지도 않았었다. 왜냐하면 미래에는 벽상이 화운룡을 짝사랑했기 때문에 그의 주위에서 맴도는 여자들을 좋아했을 리가 없다.

그뿐 아니라 벽상은 살갑고 다정한 성격이 아니며 동료들과도 잘 어울리지 않기 때문에 구태여 명림을 알은척하지 않았던 것이다.

그런데 지금은 명림하고 이 장 거리에서 시선이 딱 마주쳤기 때문에 외면하기가 좀 그랬다.

그렇지만 벽상은 그렇게 말을 해놓고 명림이 자신을 알아보지 못할 텐데 괜히 알은척을 했다고 후회를 했다.

"아… 벽 시주."

그런데 명림이 대뜸 벽상을 알아보았다. 그래서 벽상은 화운룡이 명림에게도 심심상인 수법을 사용해서 미래를 일깨워주었다는 사실을 알게 되었다.

명림이 서재에 들어갔을 때 화운룡은 장하문과 탁자에 마주 앉아서 대화를 나누고 있었다. 화운룡은 명림에게 고개를 끄떡이고는 옆에 앉으라는 손짓을 해 보였다.

볼일을 마친 장하문이 일어섰다.

"그럼 준비하겠습니다."

천외신계에게 장악된 숭무문을 비롯한 다섯 개 방파와 문파를 처리하는 일이다.

장하문이 명림에게 빙긋 미소를 지어 보이고는 나갔다.

화운룡은 탁자에 놓인 책자와 종이 따위를 정리하며 지나가는 말처럼 물었다.

"무슨 일이지?"

명림은 의자를 화운룡 쪽으로 돌려서 앉았다.

"저는 운검에게 어떤 존재인가요?"

뜬금없는 물음이다. 그리고 여자가 보통 이런 질문을 불쑥하면 남자는 조금 당황하게 마련이다.

하지만 화운룡은 다르다. 그는 명림처럼 그녀를 향해 돌아앉아 마주 보면서 미소를 지었다.

"내게는 누님이 둘에 여동생이 있었다."

"알아요."

"나는 스무 살 때 가문이 멸문지화를 당해서 평생 외톨이로 살았다."

명림은 화운룡에 대해서는 모르는 것이 없다.

"그래서 나는 명림을 때로는 누님처럼, 또 때로는 여동생처럼 대했어. 내 가족이었지."

돌이켜 보면 화운룡은 정말 명림을 가족처럼 대했다. 명림의 일이라면 그는 두 팔 걷고 나서주었다.

명림은 버릇처럼 합장을 했다.

"아미타불… 고마워요."

화운룡은 빙그레 웃었다.

"정말 파계할 수 있겠어?"

그가 보기에 명림은 영락없는 불가의 여승이라서 아미파를 떠나는 게 쉽지 않을 것 같았다.

명림은 짐짓 독한 표정을 지었다.

"앞으로 제가 합장이나 불호를 외면 혼내주세요."

"하하! 어떻게 혼내지?"

"때려주세요."

화운룡은 재미있다는 듯 벙글벙글 웃었다.

"나는 누님이나 여동생을 때리는 사람이 아냐."

"저를 위한다면 때리셔야 해요."

화운룡은 명림의 의지가 장난이 아니라고 생각했다.

"알았다. 엉덩이를 때려주마."

"꼭 그러셔야 해요. 그래야 제가 고쳐질 거니까요."

이때만큼은 화운룡이 팔십사 세 노인이 됐고, 명림도 삼십육 세 어린 여자로서 어리광을 부렸다.

마음이 놓인 명림은 그를 찾아온 본론을 얘기했다.

"저를 포함한 열한 명의 제자가 다 파계하겠대요."

"으응?"

"그 아이들 전부 여기에 남겠다는군요."

"어허……."

화운룡은 어이없는 표정을 지었다.

"그래서 너는 어쩔 셈이냐?"

화운룡은 명림에게 자꾸 어른이 돼가고 반대로 명림은 화운룡 앞에서 끝없이 아이가 되어갔다.

"어쩔 수 없어요. 같이 있어야지요."

"이것 참……."

그때 문이 열리고 옥봉이 불쑥 들어섰다. 명림은 옥봉을 처음 보는 터라서 깜짝 놀라서 발딱 일어났고 그 순간 옥봉의 절세적인 미모에 넋을 잃었다.

화운룡이 앉은 채 넌지시 일러주었다.

"네가 보고 싶어 했던 옥봉이다."

"앗!"

소스라치게 놀란 명림은 옥봉에게 황급히 합장을 하며 고개를 숙였다.

"아미타불… 아미의 혜오가 인사드립니다."

명림이 불호를 외우자 화운룡이 손바닥으로 그녀의 엉덩이를 냅다 갈겼다.

철썩!

"인석아! 너는 파계가 힘들다고 하지 않았느냐?"

명림은 자신의 실수를 깨닫고 머쓱해졌다. 그렇지만 화운룡이 예전처럼 그녀의 엉덩이를 때려주었다는 사실이 더없이 기쁘기만 했다.

명림이 두 손으로 화끈거리는 엉덩이를 쓰다듬고 있는데 옥봉이 짤랑거리는 목소리로 밝게 웃었다.

"호호홋!"

옥봉은 명림의 손을 잡고 햇살처럼 미소 지었다.

"용공께 그대에 대해서 많이 들었어요. 앞으로 용공을 많이 보필해 주세요."

명림은 크게 당황해서 어쩔 줄 몰랐다.

"고… 공주님……."

옥봉이 명림의 손을 놓고 화운룡에게 다가왔다.

"바쁘신가요?"

"한가해."

화운룡은 옥봉에게만은 언제나 한가하다. 옥봉은 앉아 있는 화운룡 옆에 서서 그의 어깨를 쓰다듬었다.

"아버지께서 용공을 찾으세요."

"뵈러 가자."

화운룡은 일어나면서 옥봉을 가볍게 일으켜 주었다.

옥봉은 얼굴을 붉히며 작게 앙탈했다.

"아이… 신니가 보고 흉봐요."

화운룡이 명림에게 물었다.

"보기 흉하냐?"

명림은 배시시 미소 지었다.

"너무 보기 좋아요."

"그것 봐."

화운룡은 옥봉의 손을 잡고 문으로 걸어갔다.

"용공도 참……."

옥봉은 얼굴을 붉히면서도 행복한 미소를 지었다.

주천곤은 어느 누구의 부축도 없이 혼자서 실내를 오락가락 걸으면서 걷는 연습을 하고 있다가 방으로 들어서는 화운룡을 환하게 웃으며 맞이했다.

"하하하! 어서 오게!"

그의 목소리에도 힘이 넘쳤다.

화운룡은 안고 있던 옥봉을 내려놓고 반색했다.

"아버님, 이제 다 나으셨군요."

"하하하! 다 낫다뿐이겠는가? 바깥에 나가면 뛰어다닐 수도 있다네!"

옥봉은 그래도 염려하는 얼굴을 지우지 못했다.

"너무 무리하지 마세요."

주천곤을 보살피고 있던 사유란이 방실방실 미소 지었다.

"봉아, 전하는 다 나으셨단다. 걱정하지 않아도 돼."

주천곤이 오랜 걷기 연습을 한 탓에 조금 숨을 거칠게 쉬면서 화운룡 앞에 서서 두 손으로 그의 어깨를 잡았다.

"운룡, 이제 봉아하고 혼인하게."

올 게 왔다.

화운룡은 공손히 고개를 숙였다.

"말씀에 따르겠습니다."

화운룡과 옥봉의 혼인 날짜는 이틀 후로 잡혔다.

원래 정현왕의 금지옥엽인 황천봉추 천봉가인의 혼인이라면 무엇보다도 성대하게 치러져야 해서 준비 기간만 몇 달이 족히 걸려야 할 터였다.

그러나 그렇게 했다가는 혹시 광덕왕 귀에 들어갈지 모르기 때문에 소리 소문도 없이 그저 가족과 측근들만 모아놓고 조촐하게 올려야 하는 혼인이었다. 그러다 보니까 번갯불에 콩 구워 먹듯이 속전속결 빠를 수밖에 없었다.

화운룡과 옥봉의 혼인은 비룡은월문 사람들에게도 비밀로
해야만 한다.

화운룡과 옥봉을 혼인시키겠다는 주천곤의 뜻에 반대하는
사람은 아무도 없다.

광덕왕이 호시탐탐 목숨을 노리고 있어서 내일을 기약할
수 없는 처지라고 주천곤 본인이 생각하기 때문에, 살아생전
에 화운룡과 옥봉을 혼인시키려는 아비의 간절한 마음을 모
두들 잘 알고 있는 것이다.

소운자가 제자들과 청성 고수들을 이끌고 떠났다.

그는 떠나는 마지막 순간까지도 화운룡에게 진심으로 고마
움을 표하지 않았다. 그렇다고 해서 그런 것 때문에 화운룡의
기분이 나빠진 것은 아니다. 그는 대인배 중에서도 대인배인
터라 소운자 같은 소인배 때문에 일희일비하지 않는다.

또한 소운자는 명림과 그녀의 제자들이 아미파로 돌아가지
않을 것이라는 사실을 알지 못하고 떠났다.

사람의 앞일이란 어떻게 될지 모르는 것인데 소운자는 시
골 구석에 누워 있는 와룡과 좋은 인연을 맺지 못했다.

비룡은월문을 나온 한 척의 거대한 상선이 동태하를 거쳐
서 장강을 거슬러 올라 태주현에서 사십여 리 떨어진 장강 건

너 율양현(溧陽縣)의 포구에 접안했을 때가 정오를 조금 넘긴 시각이다.

화운룡을 비롯한 십오룡신과 비룡검대, 해룡검대의 엄선된 정예고수 오십 명, 그리고 명림과 당평원, 모산파의 장문인 제자 세 명 원명, 원탁, 원화까지 도합 칠십 명은 상선에서 끌어내린 말을 타고 율양현 현내를 향해 질주했다.

우두두두둑!

백호뇌가 사람들은 암중에서 따르고 있다. 그들은 될 수 있으면 사람들 눈에 띄지 않으려고 한다.

사람은 육십칠 명이지만 말은 육십구 필이다. 화운룡과 보진이 천옥보갑 안에 같이 들어 있기 때문이다.

이제 화운룡은 태주현에서 유명한 인물이 되었기에 언제 어느 때 암습을 당할지 모른다.

그래서 외부에 나왔을 때는 화운룡이 보진과 합체하여 그녀의 단전 속에 들어가 있는 편이 좋다고 판단한 것이다.

한낮에 육십구 필의 말이 흙먼지를 일으키면서 관도를 질주하는 광경은 장관을 연출했다.

관도를 오가던 사람들은 급급히 가장자리로 피했다.

화운룡은 숭무문을 비롯한 다섯 방파와 문파를 처리하는 데 정공법을 선택했다.

숭무문 등에 천외신계 고수들이 남아 있겠지만 녹성고수들일 것이니 꺼릴 게 없다.

이 지역을 좌지우지하던 천외신계 우두머리들은 사해검문과 모산파를 토벌하는 과정에 이미 모조리 죽었으므로 숭무문 등은 그야말로 어미 잃은 가련한 고아 신세다.

화운룡의 첫 번째 표적인 숭무문은 율양현 제일문파답게 현내 번화가의 한복판에 자리를 잡고 있었다.

우두두두!

화운룡 일행이 탄 육십구 기의 준마들이 숭무문의 거대한 전문 앞에 폭풍처럼 들이닥치면서 멈췄다.

사실 줄 끊어진 연 신세가 돼버린 숭무문 등은 현재 갈팡질팡하고 있는 상황이다.

이 지역 천외신계 최고 지휘부인 모산파와 천외신계 세력으로는 최강이었던 사해검문을 도대체 누가 흔적도 없이 소탕했는지 전혀 모르기 때문이다.

현재 모산파와 사해검문에는 천외신계 인물이 단 한 명도 없이 순수한 소규모의 모산파 제자들과 사해검문 검사들에 의해서 운영되고 있는 중이다.

그렇기 때문에 숭무문을 비롯한 다섯 방파와 문파에서 접촉을 시도하려고 해도 헛물을 켤 수밖에 없는 것이다.

이런 상황이기 때문에 화운룡이 숭무문 등을 처리하는 것은 절고진락(折槁振落), 마른 나무를 꺾어서 낙엽을 털어내는 것처럼 쉬운 일이다.

숭무문 전문을 지키는 네 명의 호문무사는 화운룡 일행의 엄청난 기세에 압도당했다.

"무… 슨 일입니까?"

화운룡과 나란히 마상에 앉아 있는 해룡검대주 조무철이 위엄 있는 모습으로 말했다.

"태주현의 비룡은월문이다! 전문을 열어라!"

호문무사들도 귀가 있으므로 태주현의 해남비룡문이 진검문과 형산은월문을 흡수해서 비룡은월문으로 개명했으며 문파도 어마어마한 성채로 이사를 하여 기세가 자못 대단해졌다는 소문을 들었다.

그런데 태주현의 비룡은월문 사람들이 대낮에 무리를 지어 몰려와서 기세등등하게 전문을 열라고 하는 이유를 도무지 알 수가 없다.

"아… 안에 보고하겠습니다. 기다리십시오."

호문무사들은 쪽문으로 황망히 사라지려고 했다. 그들은 안에 보고하는 것보다는 자신들의 안전을 위해서 한시바삐 도망치려는 것이다.

화운룡 옆의 장하문이 조용히 입을 열었다.

"금룡, 문을 열어라."

장하문의 말이 떨어지기 무섭게 마상의 금룡 당검비가 홀쩍 몸을 날려 전문을 향해 정면으로 부딪쳐 가며 어깨의 도를 뽑았다.

부아악!

도를 뽑았다 싶은 순간 새파란 광채가 번뜩이더니 전문이 박살 나며 잔해가 안쪽으로 태풍처럼 날아갔다.

꽈드등!

당검비는 단 한 번 간명하게 칼질을 하고는 발끝으로 살짝 땅을 박차고 두 번째 열에 있는 다시 자신의 말 등으로 돌아와 사뿐히 앉았다.

앞줄에 있는 당평원은 아들의 가공할 도법을 보고는 내심 감탄을 금하지 못했다.

단 한 차례 도법을 발휘한 것이지만 당평원은 아들이 자신보다 두 배 이상 고강해져서 절정고수의 문턱에 올라섰다는 사실을 깨달았다.

예전에 당검비는 아버지와 비무를 하면 삼초식을 견디지 못하고 나가떨어졌다.

그랬던 당검비가 화운룡의 측근이 되더니 한두 달 사이에 절정고수가 되려 하고 있는 것이다.

그래서 당평원은 자신을 비롯한 아들과 딸, 그리고 사해검문이 화운룡의 휘하로 들어간 것이 정말 잘한 결정이라는 사실을 다시 한번 절감했다.

두두두두!

화운룡을 위시한 일행은 박살 나서 사라진 전문 안으로 위풍당당하게 행진해서 들어갔다.

숭무문 전문 밖 멀찌감치 구름처럼 모여 있는 구경꾼들은 비룡은월문의 위세에 감탄하여 혀를 내두르느라 바빴다.

화운룡 일행은 넓은 마당을 가로질러 전면의 커다란 전각 앞에 멈추었다.

얼마나 빠르게 들이닥쳤는지 숭무문에서는 아직 아무도 전각 밖으로 나오지 않았다.

두두둑!

그때 비룡, 해룡검대의 오십 명이 좌우로 말을 몰아 갈라지더니 넓은 마당 양쪽에 포진하고는 회천궁을 꺼내 시위에 무령강전을 걸었다.

그제야 여러 전각에서 숭무문 사람들이 꾸역꾸역 나와 크게 놀라는 표정을 짓더니 화운룡 일행의 앞쪽에 무질서하게 모여들었다.

화운룡은 그들이 다 모이기를 기다렸다.

이윽고 반각이 지나서 숭무문 문도들이 다 모였는데 약 이백오십여 명이다.

그들 뒤쪽 돌계단 위에 숭무문주와 간부급으로 보이는 자

열 명이 모여서 화운룡 일행을 쏘아보고 있다.

간부급 중 한 명이 두 걸음 앞으로 나서더니 위협적인 표정으로 외쳤다.

"뭐 하는 자들이냐?"

장하문이 조용한 목소리로 말했다.

"우린 태주의 비룡은월문이며 천외신계 녹성고수를 죽이러 왔다. 녹성고수는 앞으로 나서라."

그러자 숭무문주와 간부급들이 움찔했다.

방금 말한 간부급이 숭무문주를 힐끗 보더니 장하문에게 버럭 소리 질렀다.

"무슨 헛소리를 지껄이느냐? 천외신계를 어째서 본 문에 와서 찾는 것이냐?"

"우리가 모산파와 사해검문에 숨어 있던 천외신계 놈들을 모두 죽였다."

순간 숭무문주와 간부급들이 크게 놀라 움찔했다.

다 알고 왔으니까 헛소리하지 말라는 뜻이고 숭무문 인물들은 그 말뜻을 알아들었다.

"태주의 비룡은월문이 그랬다는 말이냐?"

"그렇다. 우린 숭무문의 천외신계 놈들을 죽여서 본래의 숭무문을 찾아주려고 한다."

간부급이 버럭 외쳤다.

"개소리!"

쒸이이―

간부급의 말이 끝나자마자 어디선가 좁은 구멍으로 바람이
통과하는 듯한 날카로운 음향이 났다.

퍽!

"큭……."

방금 말한 간부급이 오른쪽 옆머리에 뭔가를 맞고 상체가
휘딱 왼쪽으로 날려갔다.

돌계단 위에 있는 자들 모두가 놀라서 무슨 일인지도 모른
채 급급히 검을 뽑았다.

콰다닥!

방금 날려간 자가 왼쪽 일 장 밖에 나가떨어졌다.

그자의 옆머리에 화살이 깃대만 남겨놓은 채 깊숙이 꽂혔
고 반대편 옆머리로 피가 흠뻑 묻은 한 자 반이나 되는 화살
이 삐져나왔다.

"끄으으……."

그자는 온몸을 푸들푸들 떨면서 괴로워하다가 잠시 후에
조용해졌다.

숭무문 문도들은 두리번거리다가 마당의 좌우 이십여 장쯤
되는 곳에 말을 탄 낯선 고수들이 이십오륙 명씩 일렬로 나란
히 서 있으며, 숭무문도들을 향해 화살을 거누고 있는 광경을

발견하고 놀라는 표정을 지었다.

장하문 옆에 있던 모산파의 원명, 원탁, 원화 중에 원명이 웅혼하게 외쳤다.

"빈도는 모산파의 원명이다!"

모두들 그를 쳐다보고는 적잖이 놀라는 표정을 지었다.

숭무문은 모산파 출신들이 세운 문파이기 때문에 그들이 원명을 모를 리가 없다.

원명의 말이 이어졌다.

"본 파는 여기 계신 비룡은월문 문주 화운룡 대협의 도움으로 그동안 본 파를 장악했던 천외신계 악마들을 모조리 소탕하고 예전의 모산파를 되찾았다!"

원명의 말은 숭무문 문도들의 귀로 파고들었다.

"이곳 숭무문을 비롯한 다섯 개의 방파와 문파가 천외신계에 장악됐다는 사실을 이미 알고 있다! 그래서 화 대협께서 놈들을 죽이러 오신 것이다!"

숭무문 문도들이 술렁거리기 시작했다.

기회를 놓치지 않고 장하문이 말했다.

"천외신계가 아니거나 숭무문을 되찾기를 원하는 사람은 지금 우리 쪽에 와서 서라."

그러나 술렁거리면서도 눈치를 보며 아무도 움직이는 자가 없자 장하문이 조용한 목소리로 한 번 더 말했다.

"마지막 기회다. 우리 쪽에 서지 않는 자들은 천외신계 놈들이거나 그들을 방조하는 것으로 알고 모두 죽이겠다."

그러자 돌계단 아래쪽에 운집해 있는 이백오십여 명 사이에서 조금 전보다 더 큰 동요가 일어났다.

돌계단 위에서 또 다른 간부 하나가 아래를 향해 악을 쓰듯이 외쳤다.

"동요하지 마라! 우린 저놈들보다 수가 훨씬 많다! 제자리에서 움직이지……."

쉬이이!

허공을 찢는 음향이 들리자 그는 움찔 놀라서 뽑아 들었던 검을 아무렇게나 마구 휘둘렀다.

칵!

"끄억!"

그러나 일반 화살보다 세 배나 빠른 무령강전을 막는다는 것은 애당초 허튼수작이다. 측면에서 비스듬히 쏘아온 무령강전이 그자의 이마를 꿰뚫었다.

그는 몸이 뒤로 붕 떠서 날아가 전각 벽에 부딪쳤다가 나뒹굴었는데 고통스럽게 몸을 부들부들 떨다가 잠시 후에 숨이 끊어져서 조용해졌다.

장내는 숨소리까지 들릴 정도로 조용해졌다. 잘못 움직였다가는 화살에 머리통이 꿰뚫릴 판국이라 모두들 석상처럼 꿈쩍도 하지 못했다.

장하문이 최후의 기회를 주었다.

"셋을 셀 동안 이쪽으로 와라.

『와룡봉추』 8권에 계속…